我们想奋战却害怕被击败，
我们想工作却自觉太羸弱，
我们想生病却担心被解雇，
我们想要成功，想要信念，
想要去爱，却只剩一片苍白。

We'd like to fight but we fear defeat,
We'd like to work but we're feeling too weak,
We'd like to be sick but we'd get the sack,
We'd like to behave, we'd like to believe,
We'd like to love, but we've lost the knack.

桂冠诗人诗选

尼古拉斯·布莱克 **桂冠推理全集**

There's Trouble Brewing

酿造厄运

尼古拉斯·布莱克 —— 著
连洁 —— 译

上海文艺出版社
上海故事会文化传媒有限公司

尼古拉斯·布莱克桂冠推理全集（全16册）
编委会

总策划：夏一鸣

主　编：黄禄善

副主编：陶云韫

编辑成员

（按姓氏笔画为序排列）

丁娴瑶　王琦　田芳　吕佳　朱虹　孟文玉

赵媛佳　夏一鸣　陶云韫　黄禄善　曹晴雯　彭元凯

名家导读

提起英国黄金时代侦探小说的代表性作家，很多人马上就会想到阿加莎·克里斯蒂（Agatha Christie, 1890-1976）。确实，这位昔时光顾伦敦侦探俱乐部的"常客"，自出道以来，累计创作悬疑探案小说81部，总销售量近20亿册，是地地道道的"侦探小说女王"。不过，在当时的英国，还有一位男性侦探小说家，其创作才能一点也不亚于阿加莎·克里斯蒂，只不过他的身份比较显赫，甚至有点令人生畏。尼古拉斯·布莱克（Nicholas Blake, 1904-1972），这个生于爱尔兰、长于伦敦、后来活跃在诗坛的"怪才"，不但拥有牛津大学和哈佛大学教授、英国桂冠诗人、大不列颠功勋骑士、战时宣传口掌门、左翼社会活动家等多种显赫身份，还在出版大量彪炳史册的诗歌集、论文集、译著的同时，客串侦探小说创作，成就十分突出。说来让人难以置信，他创作侦探小说的原因竟然是囊中羞涩，无法支付居住已久的房屋的维修费。在给自己的诗友、同为桂冠诗人的斯蒂芬·斯潘德（Stephen Spender, 1909-

1995）的信中，他坦言，因为担心失业，一直想写些可以盈利的书。于是，一套以"奈杰尔·斯特雷奇威"（Nigel Strangeways）为业余侦探主角的悬疑探案小说诞生了。

该套小说共计16部，始于1935年的《罪证疑云》（*A Question of Proof*），终于1966年的《死后黎明》（*The Morning after Death*），陆续问世后，均引起轰动，一版再版，畅销不衰，并被译成多种文字，风靡欧美多地。直至今天，这套作品依然作为西方犯罪小说的经典被顶礼膜拜。《纽约时报》《泰晤士报文学增刊》《每日电讯》等数十家报刊连篇累牍地发表评论，称赞这套小说是西方侦探小说的"杰作"，"值得倾力推荐"。知名小说家伊丽莎白·鲍恩（Elizabeth Bowen）说，尼古拉斯·布莱克"拥有构筑谜案小说的非凡能力"，"在英国侦探小说史上独树一帜"。当代著名评论家尼尔·奈伦（Neil Nyren）也说，尼古拉斯·布莱克不愧为"神秘小说大师"，"在西方侦探小说从通俗到主流的文学转型中起着重要作用"。[①]

人们之所以热捧尼古拉斯·布莱克，首先在于这套悬疑探案小说构筑了16个扑朔迷离的故事情节。尼古拉斯·布莱克熟谙黄金时代侦探小说的各种创作模式，在他的笔下，既有引导读者亦步亦趋的"谜踪"，又有适时向读者交代的"公平游戏原则"；既有转移读者注意力的"红鲱鱼"，又有展示不可能犯罪的"封闭场所谋杀"。而且，一切结合得十分自然，不留任何痕迹。譬如，该系列的第二部小说《死亡之壳》（*Thou*

---

① Neil Nyren. "Nicholas Blake: A Crime Reader's Guide to the Classics", https://crimereads.com, January 18, 2019.

Shell of Death），功勋飞行员费格斯不断收到匿名威胁信，断言他将在节日当天毙命。以防万一，费格斯请来了破案高手奈杰尔·斯特雷奇威。然而，劫数难逃，在节日家宴后，费格斯还是神秘死亡。凶手究竟是谁？为何要选择节日当天谋杀他？谋杀动机又是什么？种种线索指向参加节日家宴的、有可能从谋杀中获益的一些嘉宾，其中包括富有传奇色彩的女探险家乔治娅·卡文迪什，她与费格斯来往甚密。与此同时，奈杰尔·斯特雷奇威也开始调查死者费格斯鲜为人知的过去。又如该系列的第四部小说《禽兽该死》（The Beast Must Die），故事以侦探小说家弗兰克的日记开头，讲述他 6 岁的儿子突遇车祸，肇事司机逃逸，由此他悲愤交加，展开了追查禽兽的历程。故事最后，复仇者锁定嫌疑人，并潜入嫌疑人家中，准备实施谋杀。然而，当东窗事发，弗兰克却坚称自己无罪。事情真相究竟如何？弗兰克是有罪，还是无罪？奈杰尔·斯特雷奇威依据严密的推理，做出了出乎众人意料的判断。再如该系列的第 14 部小说《夺命蠕虫》（The Worm of Death），开篇即以死者之口预告了自身的死亡，设置了"自杀还是谋杀"的悬念。死者名为皮尔斯·劳登，是一个医学博士，他的尸体突然出现在泰晤士河中，全身只穿有一件粗花呢大衣，手腕处还有数道相同的刀伤。奈杰尔·斯特雷奇威奉命介入调查，似乎所有家庭成员都对死者抱有敌意，所有人都有强烈的作案动机，包括深受博士喜爱的养子格雷厄姆，次子哈罗德，还有小女儿瑞贝卡——死者曾坚决反对她与艺术家男友的婚恋。随着调查深入，家中发生的又一起死亡事件陡然加剧了紧张局势。恶意谋杀仍在继续，奈杰尔·斯特雷奇威不得不加快脚步。与此同时，他也在一艘腐烂的驳船上发现了令人毛骨悚然的事实真相。

不过，尼古拉斯·布莱克毕竟是驰骋在诗坛多年的"桂冠诗人"，他在构筑上述扑朔迷离的故事情节的同时，还有意无意地融入了许多纯文学技巧。故事行文优美，引语典故不断，清新、优雅的风韵中又不乏幽默，尤其是在刻画人物的心理和展示作品的主题方面狠下功夫。一方面，《酿造厄运》（*There's Trouble Brewing*）通过一家酿酒厂里的奇异命案，展现了资本家的贪婪、人性的扭曲和底层劳动者的苦苦挣扎；另一方面，《深谷谜云》（*The Dreadful Hollow*）又通过偏僻山村一系列匪夷所思的恐怖事件，展示了一幅幅极其丑陋的贪婪、嫉恨、复仇的图画；与此同时，《雪藏祸心》（*The Corpse in the Snowman*）还通过侦破豪华庄园一起诡异的"闹鬼"事件，反映了二战期间英国毒品的泛滥和上流社会的骄奢淫逸、人性丑陋。最值得一提的是《游轮魅影》（*The Widow's Cruise*），该书的故事场景设置在希腊半岛东部的爱琴海上，与阿加莎·克里斯蒂的《尼罗河上的惨案》有异曲同工之妙，两者均通过游轮上一起离奇古怪的命案，揭示了人性的弱点与步入歧途的道德激情。

一般认为，尼古拉斯·布莱克对英国黄金时代侦探小说的最大贡献是塑造了栩栩如生的学者型业余侦探奈杰尔·斯特雷奇威这个人物形象。在他的身上，几乎汇集了之前所有业余侦探的人物特征。他既像吉·基·切斯特顿（G. K. Chesterton, 1874-1936）笔下的"布朗神父"，善于同邪恶打交道，洞悉罪犯的犯罪心理；又像阿加莎·克里斯蒂笔下的"前比利时警官波洛"，在与人的交往中十分随和，富有人情味；还像多萝西·塞耶斯（Dorothy Sayers, 1893-1957）笔下的"彼得·温西勋爵",风度翩翩,敏感、睿智、耿直的外表下蕴藏着几丝柔情。然而,比这些更重要的是,他还像尼古拉斯·布莱克及其几个诗友,温文尔雅,具有牛津大学教育背景,是个学者,以中古时期英格兰和苏格兰诗歌为研究对象,出版有多部相关专著,断案时喜欢"引经据典"。每每,他卷入这样那样的复杂疑案调查,或受朋友之嘱、亲属之托,如《罪证疑云》《雪藏祸心》;或直接听命于警官,如《饰盒之谜》(The Smiler with the Knife)、《谋杀笔记》(Minute for Murder);或路见不平,拔刀相助,如《暗夜无声》(The Whisper in the Gloom)、《游轮魅影》。

如此种种不凡的作者自身形象和人生轨迹,还屡见于小说的场景设置和其他人物塑造。譬如《亡者归来》(Head of a Traveler)和《诡异篇章》(End of Chapter),两部小说均设置了文学领域的疑案场景,而且案情也以"诗歌"为重头戏。前者描述奈杰尔·斯特雷奇威敬仰的大诗人罗伯特·西顿的美丽庄园发生的无头尸案,其人物原型正是尼古拉斯·布莱克昔时崇拜的偶像威·休·奥登(W. H. Auden, 1907-1973);而后者聚焦某出版公司编辑的一部书稿,许多细节描写来自尼古拉斯·布莱克二战期间担任国家宣传口负责人的经历。又如《罪证疑云》和《死后黎明》,两部小说也都以尼古拉斯·布莱克熟悉的校园生活为场景,案情分别涉及英国的一所预备学校和一所以哈佛大学为原型的卡伯特大学,其中,前者的嫌疑人迈克尔·埃文斯的不幸遭遇,与尼古拉斯·布莱克早年在中学从教的经历不无相似。他被指控谋杀了校长的侄子,还与校长的年轻妻子有染。正是这些原汁原味、源于生活又高于生活的描写，使它们被誉为"校园谜案小说的经典"。

自20世纪30年代起，尼古拉斯·布莱克的这套悬疑探案小说被陆续改编成电影、电视和广播剧，有的还被改编多次，如《禽兽该死》，其中包括1952年阿根廷版同名电影和1969年法国版同名电影，后者由克劳德·夏布洛尔（Claude Chabrol, 1930-2010）任导演。出演奈杰尔·斯特雷奇威一角的则分别有格林·休斯顿（Glyn Houston, 1925-2019）、伯纳德·霍斯法（Bernard Horsfall, 1930-2013）和菲利普·弗兰克（Philip Franks, 1956- ）。2018年，迪士尼公司宣布将依据《暗夜无声》改编的电影《知道太多的孩子》列为常年保留剧目。2004年，BBC公司又再次宣布将《罪证疑云》和《禽兽该死》改编成广播剧，导演为迈克尔·贝克威尔（Michael Bakewell）。甚至到了2021年，英国的新流媒体BriBox和美国的AMC还宣布再次将《禽兽该死》改编成电视连续剧，由知名演员比利·霍尔（Billy Howle, 1989- ）出演奈杰尔·斯特雷奇威。

在我国，由于种种原因，尼古拉斯·布莱克的这套悬疑探案小说一直未能译成中文，同广大读者见面，但学界、翻译界、出版界呼声不断。2021年5月，尼古拉斯·布莱克逝世50周年纪念之际，上海故事会文化传媒有限公司的夏一鸣先生慧眼识珠，开始组织精干人马，翻译、出版这套小说。经过一年多的准备和努力，这套图书终于面世。尽管是名家名篇、精编精译，缺点仍在所难免，敬请广大读者不吝指正。

黄禄善

奈杰尔侦探小传

奈杰尔·斯特雷奇威,是推理大师尼古拉斯·布莱克小说中虚构的一位私人侦探。在1935年至1966年间,作为重要角色出现在16部尼古拉斯的小说中。

奈杰尔年轻俊朗,不拘小节,常以苍白凌乱的形象示人。他是智商超群的学霸,却因性格过于叛逆被牛津大学开除。他性格幽默,行动力超强,气质温文尔雅。稚气面容与老道头脑形成戏剧化的反差。奈杰尔周身散发出儒雅的学者气息,在调查过程中,他喜欢借角色之口,引经据典,让人不知不觉靠近他,信任他,将案子交到他的手中。

在系列小说中,奈杰尔的情感故事同样精彩,他的妻子乔治娅是一名探险家,不幸死于闪电战。之后,奈杰尔又邂逅了雕塑家克莱尔。在奈杰尔生命中出现的两位女性,都是具备智慧、勇气、思想的"独立女性",在古典推理小说中难得一见。

在侦探小说的王国中,奈杰尔这样的侦探形象,可谓独一无二。

人物关系

奈杰尔·斯特雷奇威： 牛津大学肄业，自由侦探。
乔治娅： 奈杰尔·斯特雷奇威的妻子。
苏菲·凯米森： 梅登阿斯特伯里镇文学协会的秘书，邀请奈杰尔来到该镇。
赫伯特·凯米森： 苏菲·凯米森的丈夫，私人医生，与奈杰尔在牛津大学结识。
尤斯塔斯·班尼特： 班尼特啤酒厂的老板。
艾米丽·罗丝·班尼特： 尤斯塔斯·班尼特的妻子。
松露： 尤斯塔斯·班尼特的宠物狗。
乔·班尼特： 全名约瑟夫·班尼特，尤斯塔斯·班尼特的弟弟。
阿丽雅德妮·梅勒斯： 梅登阿斯特伯里镇文学协会会长。

加布里埃尔·索恩： 啤酒厂的学徒，和尤斯塔斯有深厚的关系。

巴恩斯： 啤酒厂首席酿酒师。

洛克： 啤酒厂的守夜人，退役军人。

泰勒探长： 梅登阿斯特伯里镇探长。

托沃西警官： 梅登阿斯特伯里镇警官。

目 录

第一章　4 月 23 日，7 月 16 日 …………… 1

第二章　7 月 17 日 早上 8:00—下午 5:15 ……… 25

第三章　7 月 17 日 下午 5:15—7:50 ………… 44

第四章　7 月 17 日 晚上 8:55—10:30 ………… 60

第五章　7 月 18 日 上午 9:15—11:00 ………… 74

第六章　7 月 18 日 下午 1:30—4:35 ………… 87

第七章　7 月 18 日 晚上 9:00—10:15 ………… 105

第八章　7 月 19 日 上午 8:20—11:30 ………… 118

第九章　7月19日 上午 11:30—下午 1:20 … 133

第十章　7月19日 下午 1:30—5:30 ………… 147

第十一章　7月20日 上午 8:00—11:30 …… 166

第十二章　7月20日 上午 11:30—下午 5:15　184

第十三章　7月20日 晚上 7:30—9:17 ……… 200

第十四章　7月20日 晚上 9:20—11:20 …… 215

第十五章　7月21日 晚上 8:00 …………… 231

第一章

4月23日，7月16日

狗以玩笑开始，以严肃结局。

——谚语

人们说，万物皆有风光时。然而，松露在它有生之年是否赞同这个观点，就非常值得怀疑了。对它来说，神出鬼没的兔子、不可言喻的粪堆，以及与同伴在街角的亲密接触，都不是上流社会的狗在隐居的生活中所能享有的快乐。尤斯塔斯·班尼特像对待其他一切东西那样，严格监控着松露。如果你认为，一位妻子、一个兄弟、一座啤酒厂以及镇委员会,就足以让班尼特先生满足他对权力的渴望了,那就未免低估了已故的尤斯塔斯·班尼特(虽然根本没有人哀悼),也低估了人类最阴险的恶行。埃德蒙·伯克[1]说得好,"权力会逐渐根除人们心中所有的仁慈与高尚的美德。"松露确实过着狗该有的生活。但在主人的要求下,本就有着与生俱来、几乎无限奴性的它,也有些不堪忍受了。

然而,松露也有得意风光的时候,但这是否足以弥补它一生中受到的鞭笞和纵容,就无从说起了。至少,它在死后名声大噪,除了幸福生活,死后的名声无疑是最好的东西。松露实现了所有受压迫的生物的野心,它那怯懦而又鬼鬼祟祟的脸登上了英国每一份有插图的报纸上,取代了头版上有着类似特征的希特勒、表情犹如狂躁恶犬般的墨索里尼、紧绷嘴唇的鲍德温先生以及魅力四射的入浴美人。松露死后和生前一样,没有跟它的主人分开。尤斯塔斯·班尼特的脸和它的脸并排出现在报纸的头版头条上。从尤斯塔斯的嘴巴可以看出,他的脾气暴躁,虽然戴着夹鼻眼镜,却更凸显出冷酷而自鸣得意的眼睛,而且带着一副卑鄙、自以为是又冰冷的表情。至于新闻的标题就可想而知了!

我们可以预料,奈杰尔·斯特雷奇威收到邀请时,他自然不知道自己将置身于怎样的险恶境地,要是他略知一二的话,会更乐意接受邀请的。如果为了解决犯罪问题,奈杰尔愿意去往任何地方,可如果

---

[1] 埃德蒙·伯克(Edmund Burke,1729年1月12日—1797年7月9日),是爱尔兰的政治家、作家、演说家、政治理论家和哲学家。(译者注,下同)

是什么文学社团活动，他反而会尽力远离，可是那封邀请信上的地址就写着梅登阿斯特伯里文学协会。这就是那封信，后来奈杰尔把它存档为班尼特案件的一号证物：

多塞特郡梅登阿斯特伯里镇庞德街3号
亲爱的斯特雷奇威先生：

我是本地文学协会（虽然不成规模，但却是我们自己亲手组建的！）的秘书，想冒昧地问您是否愿意来给我们做个演讲。我们一直在研读您那本关于诗人卡罗琳的书，书写得太好了，我们的成员都渴望能一睹作者的尊容。毕竟，希望看到"雪莱的真面目"是人性的弱点，也许这可以成为我冒昧请求的借口。我知道你们作家都是日理万机的，但我们肯定会报以您最大的热情。恐怕我们不能支付您报酬，不过如果必要的话，我们会报销您的一切开支！如果您能拨冗，请您务必前来。6月或7月，我们随时恭候。

祝好！

苏菲·凯米森

附：我们位于哈代地区中部。
又附：我丈夫赫伯特·凯米森在牛津见过您，他很期待能与您叙旧。

"哎呀！"奈杰尔一边喝着早茶，一边沮丧地读着这封信，"这就是涉足文学的后果。我为什么不专注研究犯罪问题呢？"

"涉足文学有什么后果?"隔壁床的乔治娅问。

"哦,原来你在啊。我真是不习惯一觉醒来发现房间里有个女人。"

"这可比一觉醒来发现房间里有条蛇要好多了吧,我当时——"

"请别再跟我回忆往事了。还是把那些回忆写在你那本旅行书里吧,你叫它什么来着,《骑三轮车穿行灌木丛的三千英里①路》。"

"你真可爱。我很高兴嫁给了你。"乔治娅说。

"好吧,那你替我去吧。"

"你到底在说什么?"

"这个,"奈杰尔举起那封信说,"有个邪恶的老巫婆想让我去多塞特,给她该死的文学社做演讲。是个文学社!"

"让我看看。"乔治娅接过信。

"从她嬉闹的口吻来看,"奈杰尔说,"苏菲肯定有双引人注意的、褪了色的紫色眼睛,而且说话时还会朝你喷口水。她的朋友会说,'可怜的苏菲真是太有艺术气质了!'她就是那种处女——"

"什么'处女'啊?附言中写着她已经结婚了。"

"哦,我还没看到那里。不过,我从不读附言——要么没必要,要么就是有圈套。"

"好吧,这其实是在第二条附言中写的。第一条附言说他们住在哈代地区中部。"

"信纸上方的地址不是已经写清楚了嘛。"

---

① 长度计量单位,1英里约等于1.6公里,下同。

"第二条附言说她的丈夫在牛津时认识你。"

奈杰尔从床上坐了起来："啊,这就有趣了。"

"你记得他?"

"是的,有点印象。不过,我是说这个爱嬉闹的老太婆只在附言中提到了他,这真是太有趣了。她肯定经常对他疑神疑鬼,总对他唠叨个不停,同时又跟她的朋友们诉苦说赫伯特没有气质,不理解她。她的目的是要给赫伯特的生活带来文化、精神价值等诸如此类的东西,如果我对赫伯特的了解没错的话,她的这项工作可不好做。不过现在说不定已经把他改造得差不多了。妻子不都是这样做的嘛。"

"哦,是吗?"

"是啊。"

"我可一个字都不信。我敢打赌,苏菲·凯米森是个非常聪明的女人,而且身材和幽默感都很好。她的这封信写得很幽默,只是给你开个玩笑,你却当真了。"

"你可真会解析。"奈杰尔说,"所以你想让我免费去那里,然后从你那里赢个一英镑①?"

"不是赢,是输。"

"很好,那就这么定了。我会去的,去证明你说错了。再说,看看赫伯特被改造成什么样了也是很有趣的。"

"哎呀,你不总是很有人情味儿的嘛?你要成为作家的梦想成真

---

① 英国货币名,下同。

了。"乔治娅朝他皱了皱鼻子。

"现在我在寒冷的晨光中看你,你可真像只猴子。"奈杰尔说。

"奈杰尔!"

"好吧,只是有一点像。文学协会!人情味儿!哼!"

但事实上,这个荒唐的打赌,却出乎意料地使奈杰尔萌生了更浓厚的人情味儿……

7月,当火车缓缓驶过郁郁葱葱的多塞特时,奈杰尔又拿出了凯米森夫人的信,他现在对这次拜访已经不抵触了。乔治娅对这世界上人迹罕至、穷乡僻壤的地方有着奇怪的渴望,这使她赢得了探险家的称号,现在她正在赫布里底群岛附近游历。所以,他是去多塞特还是其他地方都无两样,哪怕是让他带着那位爱嬉闹的苏菲·凯米森去梅尔斯托克或爱敦荒原朝圣都行。毫无疑问,乔治娅肯定说错了。奈杰尔再次研读了苏菲的信,觉得她是那种笑里藏刀、喜欢发号施令、有控制欲的人。如果她没有组织文学协会,也会组织类似公益事业募捐委员会、女性保守联盟、救援与防范、家居保养、乡村舞蹈,或其他门类繁多的活动,给那些无所事事的女人们提供了干涉别人的借口。然而,苏菲休想对他横加干涉。

没过多久,一辆破烂不堪的公共汽车载着奈杰尔,爬上了多塞特小镇陡峭而狭窄的主干道,把他放在了庞德街3号的门外。这是一座坚固又庄严的小房子,是由哈姆丘陵岩建造而成的,在傍晚的余晖下,散发着杏色的光芒。门上有块黄铜牌子,上面写着"赫伯特·凯米森,皇家外科医师学会会员"。奈杰尔这才想起来赫伯特之前是学医的。

他年少时，不过是个喜怒无常、豪放不羁、愤世嫉俗的家伙而已，后来不知在何种惊人的魔力下，居然成为具有职业修养，对病人关怀备至的典范。赫伯特·凯米森曾在某个夜晚，用绳子把大学里所有的夜壶全都串起来挂在院子里，而现在肯定连对听诊器头偷偷搞个恶作剧都不会了。

"时过境迁，"奈杰尔喃喃着走进门，"一切都变了。"大厅里阴暗凉爽，铺着石板。女仆接过他的手提箱，把他领进客厅。奈杰尔本来准备给苏菲来个下马威的，结果一不留神，被门口的两级台阶绊倒在苏菲面前，彻底毁了他的小算盘。他站起身来，在强烈的灯光下眨着眼睛，这时，他听见一个忍俊不禁的声音说道：

"没关系，第一次来都这样。以后得让格蕾丝每次都提醒一下才好。"

奈杰尔与声音的主人握了握手。这位凯米森夫人身材匀称，脸色红润，眼睛蔚蓝，一派健康的模样，年龄大约在25到35岁之间，看起来很像是维多利亚时期的画家塑造的牛奶女工。只不过她穿着优雅时髦的衣服，戴着角质眼镜，这副眼镜与她朝气蓬勃的脸很不协调。奈杰尔不由自主地嘀咕：

"看来还是乔治娅说对了。"

"'乔治娅说对了'？她是你妻子，对吗？"

"是的。说来话长，这可是个不光彩的故事。"

"一定要告诉我。你可以一边喝茶一边跟我讲讲。你还没用过茶点吧？很抱歉我没能去接你，因为赫伯特今天下午要用车。"

奈杰尔像往常一样畅快淋漓地吃了起来。苏菲和蔼地看着他,像是一位母亲看见自己的儿子恢复了食欲一样满足。过了一会儿,她说:

"那么,这个不光彩的故事是什么呢?"

"好吧,"奈杰尔小心翼翼地措辞,"跟你那封信有关。我——嗯——根据那封信,对你的长相有了自己的判断,但乔治娅跟我的想法不一样。"

"这故事听起来并不长。"

"可能不长吧。那是因为我省略了让人丢脸的细节。"

"我能想象得到。"

"真希望你不能。但说真的,你一点都不像你的信所展现出来的样子。"

苏菲·凯米森眨了眨眼睛,轻松地回答:

"你也一点都不像赫赫有名的业余侦探。"

"哦,天哪,"奈杰尔不安地说,"你知道我的事?"

"我读报纸啊,去年报纸上全是你侦破'柴特谷杀人案'的消息。你就是那时遇见你妻子的吗?"

"是啊。你觉得业余侦探应该是什么样子的?"

"如果你先告诉我,你之前以为我是什么样子,我就告诉你。"

"好,后果自负。"奈杰尔告诉了她。苏菲仰起头,开怀大笑。当女人嘲笑男人的想法时,没有哪个男人能经受得住她的笑声,即便这些想法只是半真半假。奈杰尔有点赌气地说:

"那你为什么要写这样一封误导性的信呢?你让我输了一英镑。"

"哎呀,我只是觉得这种风格才能吸引作家。如果他是个傻瓜,这封信能满足他的虚荣心;如果他不是,那他会识破的。"

"我没有识破这封信,所以——"

"哎呀,我不是那个意思,真的,我不是。"苏菲惊叹道,满脸通红。这时候的她,看起来有点夸张,有点愚蠢。但她一点都不傻,奈杰尔想。她的外形足以让她自信,没有必要学习如何使用手段。她心智成熟,但内心天真。这封信以肤浅顽皮的方式,展现出她像猴子一样聪明,而且很善于模仿。

奈杰尔说:"现在轮到你告诉我你对我的误解了。"

"我心目中的侦探是像夏洛克·福尔摩斯、神父布朗和波洛①那样的。"

"那他一定是个奇怪的合成人!既高又矮,半胖半瘦——"

"别打断我。他有一双锐利的眼睛,能看穿你的心思。他总是能从一个人最无辜的言谈中,推断出他内心的邪恶。当然,他还非常古怪。你也很古怪吗?"

"很难说,有些朋友抱怨我太古怪了,但其他人觉得我又不够古怪。"

"对我而言,你看起来很普通。"

奈杰尔一向以自己不引人注目的外表而自豪,现在却对这句话有

---

① 赫尔克里·波洛:阿加莎·克里斯蒂所著系列侦探小说中的主角。比利时籍著名侦探,破获诸多奇案。

9

点反感。他想，真是奇怪，这么个天真的人居然刺激到了我，也许是因为她说的都是大实话吧。为了反击她的直率，他只好油腔滑调地说：

"这一带的犯罪情况如何？你有什么好的凶杀案或是敲诈案需要我侦破吗？我一向乐意效劳。"

苏菲·凯米森稍许停顿了一下，说：

"哦，恐怕没有，我们都是遵纪守法的人。对了，班尼特先生在演讲会后也会过来，还有另外一两个人。他很渴望见到你，希望你不要介意。"

其实奈杰尔很介意，但作家就得忍受这种不合理的要求——"会有一两个人过来"，在他疲惫不堪的时候继续不停地向他问问题、表达观点、咨询手稿。然而，奈杰尔礼貌地表示很乐意效劳。事情就这样定了。

一个小时后，奈杰尔穿衣服准备去吃晚饭，又想起了这段对话。这其中有些东西让他感到困扰。是什么呢？苏菲曾说过，侦探们可以"从一个人最无辜的言谈中，推断出他内心的邪恶"。这话说得没错，而且在回答问题的时候有停顿和犹豫也很正常。啊，他现在明白了！在他油腔滑调地问出"这一带的犯罪情况"这句话时，苏菲轻微地停顿了一下，这就大可不必了。然后，苏菲回答"哦，恐怕没有"时，她的声音太刻意了，仿佛是在有意识地模仿自己正常的声音，接着就突然转换了话题。当然，她平时的举止就很唐突。但奈杰尔认为，人们故意改变话题时，原来的话题和新话题之间一定存在着隐匿的联系。不过，除了让疲惫不堪的作家遭受折磨外，很难看出演讲会结束后几个人过来与犯罪活动能有什么联系。她还提到了一个人的名字，是谁来着？哦，对了，是班尼特先生。他也许是作曲家班尼特的亲戚，他谱写的"华丽的F调"或其他什么调，可是乡村唱诗班的最爱啊。

巧的是，神秘的班尼特先生的名字在晚宴上出现了，尽管这个出现的场景与教堂音乐格格不入。奈杰尔坚信第一印象的准确性，他认为，刚与人接触的十分钟要比接触十天更能让你了解一个人。因为，那时你的思想是没有偏见的，直觉也很准确。于是，他一边喝着雪莉酒和苏菲谈论琐事，一边密切观察她和她的丈夫。在这个皮肤黝黑、沉默寡言的医生身上，已经很难认出十年前那个冒失的大学生了。赫伯特一副波澜不惊的样子，神态平静，不动声色，鼻子上方的川字纹可以看出他思虑过重或是比较专注。他的动作像猫一样轻巧，具有完美的神经协调性。他的手轻柔又灵敏，不愧是外科医生的手，它们似乎可以随心所欲地取用刀叉和玻璃杯，仿佛就算它们的主人睡着了或是死了，都还能继续工作似的。晚餐期间，奈杰尔只看见赫伯特·凯米森笑过一次，那是在谈话间隙对他妻子微笑，透着不同寻常的温暖，仿佛只属于他们两人。

夫妻两人的关系显然是非常融洽的。不和谐的夫妻在陌生人面前很容易有些略带任性、不太友好的口头争执，但他们并没有这样。他们也没有争相要博得客人的关注。苏菲·凯米森有着深色的头发和红润的肤色，为什么不穿一些热情奔放的颜色，反而穿得如此淡雅柔和？奈杰尔正这么胡思乱想的时候，班尼特的名字突然出现了。赫伯特问他想喝啤酒还是威士忌，奈杰尔选了啤酒。他接过啤酒瓶，看见商标上写着"班尼特啤酒厂,梅登阿斯特伯里,多塞特"。

"这和我今晚要见的人有关吗?"话音刚落,他就察觉到气氛紧张起来。苏菲有所保留地谨慎回答道:

"是的,他是我们这里啤酒厂的老板。"她快速而平静地继续说,"班尼特先生想见见斯特雷奇威,所以我就让他和另外几个人一起过来了。"

"哦,"赫伯特说,"我明白了。"

从表面上看,这两句话再普通不过了,但奈杰尔觉得苏菲的语调暗示着:"别惊讶,赫伯特,让我来处理这件事",而她丈夫的回答显然就是默许了。

"好吧,"赫伯特用他一贯的忧郁口吻说,"祝好运。"他举起杯子,朝奈杰尔摇了一下小拇指。这个手势突然把牛津和梅登阿斯特伯里联系在一起。"不知道我们今晚会不会喝到'松露'。"他补充道。

"喝到松露?"奈杰尔惊讶地问。

"赫伯特!"苏菲告诫他,"别恶心了!那酒还没酿好呢。"

"我不介意酒里面加尸体。"赫伯特平静地说。

"这到底是怎么回事?古老的多塞特秘方?"

"不是,"赫伯特回答,"'松露'是尤斯塔斯·班尼特的狗,一两周前掉进了制酒锅里。我觉得,对这个讨厌的小东西来说,这真是个幸福的解脱。班尼特为此大闹了一场。"

"幸福的解脱?"

"是的,"赫伯特干脆地说,"我怀疑尤斯塔斯·班尼特有虐待倾向。"

"赫伯特!"他的妻子大喊了一句。这次可不是传统意义上的告诫了。

赫伯特冷冷地答道:"也许不该用'怀疑'这个词。我们都知道——"

"你介意演讲结束后,别人问你几个问题吗?"苏菲急忙打断他。奈杰尔做了个鬼脸。

"恐怕这是交易的一部分吧。"他说。

吃过晚饭,他们朝礼堂走去。这里枯燥乏味,迂腐沉闷,弥漫着清漆和茶水的味道。奈杰尔猜测,这应该就是梅登阿斯特伯里的活动中心,进行过各种令人厌恶的活动,从慈善义卖到审讯,不一而足。现在,整个城镇的知识分子都聚集在这里了。奈杰尔被介绍给一位身材魁梧的女人,她身体健壮,气场非常强大,很像是一座穿着得体的市政女神雕像——"这是梅勒斯女士,我们的会长。"奈杰尔跟着她走上讲台。这位"市政女神"喘着粗气,拿出一瓶香水大方地朝自己喷了几下,对奈杰尔沉声说:

"很高兴你能来。今晚我们如愿以偿了。你紧张吗?"

"紧张到不能动了。不过,我喝了班尼特先生酿的好酒给自己壮胆。这酒真不错。"

"真的吗?对于酒,我可说不出'好'这个字。我是蓝丝带协会的副会长,我们的目标是杜绝饮酒。"

"哦。"奈杰尔说,梅勒斯小姐踩到的任何东西,都不会有存活的机会[①]。他玩弄着提词卡,仔细观察起听众。他断定,来者大部分是中下阶层,他怀疑这场有关战后诗人的讲座不对他们的胃口,但现在已

[①] 上一句的"杜绝"用了"stamp(踩)"这个词,这里是双关。

经来不及改变了。前排坐满了人，从左到右，分别坐着两位女士，戴着像羊角一样大的助听器；一个吃着棒棒糖的小男孩，看起来桀骜不驯，奈杰尔想，他被拖来参加这样的聚会，肯定百般不情愿；一个乡下女人，是小男孩的妈妈，看起来似乎对家畜的价格比对诗歌更熟悉；一个老绅士，手已经罩在了耳朵上；两个修女；三把空椅子，还有一个笑容满面的牧师。

"这些人都是文学会的吗？"他胆怯地问梅勒斯小姐。

"哦，不是。我们向公众开放会场。会后会提供咖啡和三明治。"

"哦。"奈杰尔想，原来如此。不过她应该说得再巧妙一些。她应该说会有面包和马戏表演，而我就是来表演马戏的。

"当然了，只有体面的人才能参会。"梅勒斯小姐说。

"当然。"

梅勒斯小姐站起身来介绍他——言辞既不得体也不精练，奈杰尔又重新开始研究起听众来。他的目光被第三排的一位绅士吸引住了，他戴着一副夹鼻眼镜，冷冷地打量着他。奈杰尔一看见他，就对他产生了反感：他那圆圆的脸和任性的小嘴，与他眼中刻薄、冰冷又傲慢的神情形成了极不和谐的对比。他目不转睛地盯着奈杰尔，和他身边一个黯淡无光、一脸苦相的女人说了几句话，傲慢地朝她咧了咧嘴。她回答的时候抬头看着他，露出非常谄媚和温顺的神情，仿佛她是他的一条狗。在后面不远处，奈杰尔看见了自己的男女主人。赫伯特不苟言笑，一如既往地泰然自若；他的妻子则调皮地朝奈杰尔笑着。右边坐着一个年轻人，他穿着污迹斑斑的花呢外套、卡其色衬衫，留着络腮胡，显然是想置身事外。他轻蔑地噘着嘴，这让奈杰尔感觉有点似曾相识。他像谁呢？在他身边坐着另外一个年轻人，似乎已经睡着了。奈杰尔自言自语："肯定是当地的媒体。"梅勒斯小姐正忙着总结陈词，她的声音矫揉做作，大概是在做宣扬文化的倡议。奈杰尔还是更喜欢她正常而严厉的低沉声音。

"……我相信我们都很荣幸，能邀请到这样一位杰出的作家与我们共度今宵。众所周知，斯特雷奇威先生在另一个领域也享负盛名。无疑，作为一名著名侦探，他将会给我们带来一些现代诗歌的线索，我肯定我们中的大多数都需要这些线索。哈！哈！"（"听见了，听见了！"老绅士用手罩着耳朵出乎意料地大声喊起来。）"好了，大家不是来听我讲话的，话不多说，现在请奈杰尔·斯特雷奇威先生给我们做精彩的演讲。有请斯特雷奇威先生。"

奈杰尔起身做了精彩的演讲……

演讲结束后，大家享用了咖啡和三明治，梅勒斯小姐开始了提问环节。

一位胡子花白、肤色斑驳的先生立刻站起身来，对年轻诗人们所谓的布尔什维克主义倾向进行了激烈的抨击。最后，他以反问的口吻结束了发言。奈杰尔只好附和道，他说得很有道理。

一位相当漂亮的年轻女人红着脸站起来，她说，在她看来，现代诗歌中没有音乐的韵律。

奈杰尔引用了几个段落驳斥了她的偏见。

一个不那么漂亮的女人，牙齿突出，眼睛里闪烁着通晓神智的光芒，问道：

"天体之音①是怎么回事？"

这是奈杰尔收到的第一个严格意义上与诗歌语法相关的问题，但他不知道答案，只好保持沉默。在这种僵局之下，那个穿着卡其色衬衫的年轻人让他松了口气。

"你对超现实主义有什么看法？"他粗暴地问。

奈杰尔婉转地表达了他对超现实主义的看法。这个年轻人正要反驳，梅勒斯小姐就狠狠地瞪了他一眼，那个奈杰尔一看就反感的绅士也站起身来。

"班尼特先生。"梅勒斯小姐说。

原来他就是班尼特先生，奈杰尔想，我早该猜到的。

所有人都转过头来。这位当地的酿酒商调整了一下夹鼻眼镜，干咳了一声。

"我认为，"他的声音干涩而沙哑，"我们关注超现实主义没什么好处。我们在艺术问题上可能不是专家，"他朝上一个发言人努了努嘴，"但至少我们遇见疯子时，还是能认出来的。"

"听见了，听见了！"肤色斑驳的绅士喊道。

班尼特先生摘下夹鼻眼镜，指向奈杰尔。

"好了，先生，你刚才说现代诗人觉得自己被真理和现实束缚住了，

---

① The spheres，天体之音。古希腊哲学家毕达哥拉斯认为天体的振动可以产生空灵的和弦音。

但是我认为真理和现实太丑陋，太令人痛苦了，因此很难有诗意。你们可能觉得我是个老顽固，但我读丁尼生、勃朗宁和莎士比亚，我不希望诗里有现实。日常生活中的现实已经够多了，如果我想读这类东西，我还不如去看屠夫的钩子。"

班尼特先生意味深长地停顿了一下。他旁边那个黯淡无光的女人吃吃地笑了起来，随即其他听众也都报以礼貌的笑声。

"不，先生，"班尼特继续说道，声音洪亮，"我想从诗人那里得到的是美。我请求诗人让我忘记这个世界的丑陋和磨难，带领我进入仙女花园。"

"我敢肯定，先生，"奈杰尔用他最礼貌、最不置可否的声音回答，"没有哪位现代诗人愿意带你走上通往仙女花园的道路。"

听众们试图弄清这句话的确切含义，都陷入了令人焦虑的沉默，紧接着更冷的寂静袭来，就像北极的夜一样寒冷，最后当地媒体的声音——不知是鼾声还是鼻息声，打破了沉默。

"看来，在这个镇上，不能对你们的班尼特先生无礼。"奈杰尔一边说，一边和苏菲往她家里走去。

"是啊，"她平静地回答，"他可是很受人尊敬的。"突然，她咯咯地笑了起来，朝奈杰尔晃着一副假想的夹鼻眼镜，极力模仿着班尼特的腔调说：

"我请求诗人带我进入仙女花园。"而后，她的声音变了回来，更像是自言自语。"仙女花园。是啊，也许这并没有那么不协调。仙子们都是恶毒的精灵，不是吗？"

奈杰尔犹豫了一下,决定不提他本想问的问题,轻松地说:
"你可真会模仿。"

"他们也这么说。你真该看看月光下的这条街,有很多可爱的影子。不过,满月才刚结束。"

这是多么奇特的女人啊!她既坦率又神秘!她对月光和影子的谈论,不知为何让奈杰尔想起了勃拉姆斯[①]的《萨福克颂》。于是,他轻轻地哼唱起来。直到他们在前门停下来时,他还在哼唱。苏菲把手放在他的手臂上说:

"奈杰尔,别再对班尼特先生无礼了,好吗?"

她的声音从来没有像现在这样平静如水,不带任何感情色彩。虽然她没说什么,但是奈杰尔的后背却微微打了个寒噤,仿佛恐惧精灵用冰冷的手指故意戳了他一下。

五分钟后,凯米森家舒适而凌乱的客厅里坐满了人。梅勒斯小姐占据了一张沙发的一大部分。奈杰尔被介绍给尤斯塔斯·班尼特和他的妻子,也就是那个一脸苦相的女人;然后是那个穿着卡其色衬衫的年轻人加布里埃尔·索恩;还有另外几个他没注意名字的人。赫伯特正在准备酒水,他极为娴熟地把各种酒水倒进杯子里,又把杯子举到灯光下面看看,就好像那些不是杯子而是试管。他转向梅勒斯小姐,黝黑的脸上毫无表情。

[①] 约翰内斯·勃拉姆斯(Johannes Brahms,1833-1897),德国古典主义最后的作曲家。

"威士忌、雪莉酒、鸡尾酒还是番茄汁，梅勒斯小姐？"

"你太坏了！"她顽皮地笑着，"你是想让我违背誓言吗？"

这位医生显然特别招人喜爱。

"班尼特夫人呢？"

她吃了一惊，屏息说道：

"哦，我吗？雪莉酒吧。请给我少一些就好。"然后抱歉地看了看她的丈夫。

"艾米丽，你确定不想喝点冰水吗？"尤斯塔斯·班尼特声音沙哑，一本正经地问，把口袋里的一串钥匙弄得叮当响。一阵令人尴尬的沉默后，凯米森医生闷闷不乐地说："没有冰水。"同一时间，艾米丽·班尼特看到了奈杰尔的目光，满脸通红地说："不，亲爱的，我想喝雪莉酒。"

奈杰尔注意到班尼特的脸部肌肉轻微地收缩了一下。他很好奇，不知班尼特太太上一次坚持己见是多久以前的事了。毫无疑问，她之后会为此付出代价的。奈杰尔越来越不喜欢这位酿酒商了。

大家泛泛而谈，过了一会儿，加布里埃尔·索恩走上前来跟奈杰尔讨论超现实主义，他讲得异常精彩。很快，其他人也过来聆听。索恩见状，一改刚才热情洋溢、天真率直的方式，他的嘴巴拧了一下，戏剧化地浮现出愤世嫉俗的表情，说道："当然，这个方法的好处就是，你不用有意识地对你的创作负责，因此也就不用接受批评。"

"那这不是背叛你的信仰了吗？"奈杰尔温和地问。年轻人吃了一惊，几乎是恭敬地看了他一眼，然后喝了一大口威士忌——他已经喝了很多酒了，朗声说道：

"这不是第一次了。我这辈子都在背叛它们。你不知道我是酿酒厂的吟游诗人吗？"

尤斯塔斯·班尼特摘掉夹鼻眼镜，张开嘴巴正要说话，索恩却抢先一步。

他狂乱地继续说道："你一定读过一些我写的——应景诗吧，也许可以这么说。"

"无论东西南北中，
班尼特啤酒是最好。"

尤斯塔斯·班尼特打断了他，声音极其温和：

"斯特雷奇威先生，索恩先生除了其他职责之外，还负责一些宣传工作。"

"很好，"奈杰尔说，"诗歌肯定有助于宣传，我很赞成普及诗歌。让普通人习惯了在广告牌、电影或其他任何地方看到诗歌，他们就会有更多的机会想要读一读严肃作品。"

"我不同意，"索恩说，"诗歌不会再成为流行媒介了，它只会吸引一小群训练有素且敏感的人。我——"

"好了，加布里埃尔，"班尼特先生打断了他，"我们不能让你独占我们的贵宾。你去和凯米森太太讨论吧。"

索恩握紧了拳头。奈杰尔一时感到害怕，怕他要大闹一场。可随后年轻人的肩膀垂了下来,他孩子气地踢了踢炉围,就走开了。班尼特显然不希望他的员工成为公众关注的焦点。这时,他在壁炉前叉开两条短腿,双手做了个动作,仿佛面前有张桌子,而他要把桌上的一张吸墨纸铺展开来。他说:

"斯特雷奇威先生,我想针对你的侦探才能,请教你一个小问题。"

奈杰尔觉察到,在听到他的某个词或看到他某个手势时,房间里的每个人都僵住了,这让他想起孩子们玩的木头人游戏。班尼特先生成功地吸引了听众。

他继续说道:"我肯定你会感兴趣的。两周前,确切地说是这个月2号,我的猎狐犬松露失踪了。后来,我的人在清理煮沸锅时发现了它。肉已经全部煮化了,我们是通过它项圈上的金属标签认出它来的。"

尤斯塔斯·班尼特忽然停了下来。

"这跟我有什么关系?"奈杰尔问。

"我知道你对破案很感兴趣,"这个酿酒商慎重而严肃地说,"我毫不怀疑,我的狗是被谋杀的。"

客人们本来有些坐立不安,现在又僵住了。奈杰尔注意到凯米森医生僵硬地站在那里,手里拿着一个瓶子,悬在玻璃杯的上方。

"但是,"奈杰尔最后结结巴巴地说,"但是这只狗,不是更有可能在追逐老鼠或其他东西时,偶然掉进了酒缸里嘛。"

班尼特先生反驳道:

"我跟你说一下情况吧。松露每天早上都陪我去酒厂,我在房间里给它准备了一只篮子,还用一条很粗的铁链把它拴在椅子腿上。那天早上,我有事出去了几分钟。可等我回来,就发现那畜生不见了。它还戴着项圈,有人把链条解开了。"

"好,就算是这样,你肯定不会怀疑是你的员工故意偷了你的狗,并把它扔到煮沸锅里去了吧。肯定是有人为了开玩笑,放走了它,可它四处乱跑,意外死亡。"

"斯特雷奇威先生,它被发现时所在的煮沸锅,有六英尺[①]高,可松露年老体弱,不可能上得去。我审问了我的员工,但无法给任何人定罪。"

尤斯塔斯·班尼特安静下来,他的嘴唇几乎都要不动了,又补充道:

"我急不可耐地想把凶手揪出来。"

奈杰尔被他的语气惊住了。仿佛为了要给酿酒商一个机会解释,奈杰尔说:

"你很喜欢松露?"

"这动物是我的财产,斯特雷奇威先生。"

大家品味着这句话,沉默了一会儿。

"我觉得为了一只狗,太大惊小怪了。"梅勒斯小姐出乎意料地说,"你当时为什么不报警呢?"

"我报警了。"班尼特先生冷淡地说,"他们说无法采取任何行动。所以我才问斯特雷奇威先生的。"

[①] 长度计量单位,1英尺约等于0.3米,下同。

奈杰尔偷偷地掐了自己一下。是的,他不是在做梦,这真是不可思议。

"你是想让我调查一下吗?"他说,"但整件事——"他正想说"非常滑稽",但想起苏菲请求他不要再对班尼特先生无礼,就改口为"极不寻常"。

班尼特先生对他笑了笑。至少,他的眼睛露出欣喜的神情,但嘴巴却仍紧闭,没有一丝笑意。

"我觉得你口中的'不寻常'对你来说不是什么难事,你可是自诩为现代诗歌格律的崇拜者呢。我准备给你充分的条件盘问我的员工,当然,你还可以自由出入啤酒厂。我这个小问题应该能帮你维持破案能力,直到下一个大的谋杀案出现。"

班尼特先生的请求太匪夷所思了,奈杰尔很想接手这个案子,但还是不要了,这个复仇心切、控制欲十足的老家伙太让人恶心了。

"对不起,先生,我真的不能——"

"哦,看在上帝的分上,就答应吧。这件事不搞清楚,我们谁都无法得到片刻的安宁。"加布里埃尔·索恩打断了他的话。他的语气压抑而急躁,但奈杰尔听出这是他发自内心的恳求。

"那么好吧,"他说,"我来调查吧。但我向你保证,班尼特先生,我仍然坚信这是场意外。"

"如果你能说服我,我会很高兴的。"酿酒商回答,"让我想想,明天早上我不在啤酒厂。如果你下午茶的时候过来,我会和你见面,安排你去参观一下。不知道这种事,你收不收费,我敢说你不会收,

23

但是——"

"定金 25 基尼①,每天再加 5 基尼,这是我的最低收费。"

班尼特先生怀疑地盯着奈杰尔,但奈杰尔满脸严肃,一本正经。

"真的,斯特雷奇威先生,这有点——我是说,我以为你只收一点酬金——"

"不能再少了,班尼特先生。"

"哦——呃,那么好吧。"

这是奈杰尔第一次看见尤斯塔斯·班尼特仓皇失措的样子。

---

① 旧时英国金币名。

第二章

7月17日 早上 8:00—下午 5:15

——✦——

他酿酒，也喝酒。

——本·琼森[1]

一大群麻雀一早就叽叽喳喳叫个不停，修道院的大钟拉长着音调，咚咚咚地响了八下，奈杰尔醒了。他走到窗前，向外望去。小镇上一

---

[1] 本·琼森（Ben Jonson，约1572年6月11日 - 1637年8月6日），英国诗人，剧作家，评论家。他的作品以讽刺剧见长，抒情诗也很出名。

个个尖尖的灰瓦屋顶布满青苔,在他面前延展开来。这些屋顶错落有致,具有奇特的魅力,就像是波涛汹涌的灰绿色海洋,凝固了,静止了。它们的建筑师显然没有进行城镇规划,而是随心所欲地把这些房子安排在一起。灿烂的阳光普照着小镇,远处的山丘树木繁茂,笼罩在雾中,这预示着中午会很炎热。奈杰尔漫不经心地想着,啤酒厂在哪里呢?带有砖石烟囱的那座房子可能就是。阳光这么灿烂,这时候要认真思考班尼特先生和他提出的那件怪事,真是太难了。昨晚,奈杰尔去睡觉时,深信这个酿酒商是他见过的最险恶、最危险的人。现在,他认为是梅登阿斯特伯里文学会干扰了他,让他做出这样一个荒谬可笑的判断。他下楼吃饭时,还在琢磨一些恰当的词语,好跟乔治娅描述这整件事情。

"希望你已经完全恢复过来了。"苏菲说。

"恢复?哦,是啊,谢谢。痛苦并没有我想的那么糟糕。不过,我能再多待几天吗?我很快就能——"

"你想待多久就可以待多久,"赫伯特说,"但你真的要接松露的案子吗?那案子真是荒唐。"

"看来我是自讨苦吃了,昨晚我一定是喝醉了。不过,我一直以来都想好好参观一下啤酒厂。奥斯卡·王尔德说过,'简单的快乐,是复杂最后的避难所。'当我告诉班尼特先生我要收费时,还有什么比看他的表情更能获得简单的快乐呢?"

"是的,他不喜欢花钱。啤酒厂的设备有一半都很陈旧了,但班尼特先生太守旧又太吝啬,迟迟不愿意更换。但是,小奈杰尔,如果你发现确实有人干掉了松露，你会怎么做？"

"告诉班尼特，我觉得——我是说，如果只是因为不喜欢狗的主人，就把这个无害的牲畜扔进煮沸锅里，这也太恶毒了。"

"等等，不知道你意识到了没有，班尼特是个报复心极强的人。如果他神志正常的话，这么吝啬的一个人是不会为了证明一个疯狂的猜疑，就答应支付你要求的高昂费用的。我非常严肃地跟你说，班尼特神经不太正常，就像那些拥有无上权力、却不受爱戴的人一样，他有明显的被迫害妄想症。他认为有人杀了他的狗，就是典型的症状。同时呢，他知道自己在做傻事，所以他就更想要找到一个牺牲品。"

"是的，我明白了，那又怎样？"

"你知道班尼特会怎样对待你找到的罪犯吗？"

"我觉得会解雇他吧。"

"那只是个开始，"医生冷冷地说，"他会尽他所能让这个家伙没有容身之地。首先，他会让他找不到工作。接下来，如果你觉得他会让这个家伙舒服地靠救济金度日，那你就大错特错了。"

"该死，"奈杰尔抗拒地说道，"这样的话，我无法接受。即便我这么随心所欲的人，也觉得这太夸张了。"

他第一次看到赫伯特的脸上露出于心不忍的表情。

"咱们都很清楚，渴望权力又有被迫害妄想症的人，总能做出各种夸张的事情。我可以告诉你一些班尼特的事——"

"请不要在吃早饭时讲恐怖故事。"苏菲故作淡定地打断了他。当然，这也足以消除紧张的气氛了。赫伯特又恢复了无动于衷的表情，轻松地说道：

"不管怎样，答应我，如果你找到了罪犯，在告诉我之前，其他什么都别做。"

"好的，没问题。如果你能说服我闭嘴，我随时都可以把尤斯塔斯的支票退回去。"

"我会说服你的，奈杰尔。"

赫伯特似乎正想要大书特书，但身旁的妻子瞥了他一眼，他就闭口不谈了。奈杰尔默默地垂眼看向自己的鼻子，想弄明白那一瞥的意思，他在思考同伴的举止时总习惯这样做。那一瞥里面有恳求的意味，但也有类似于恐慌的情绪。好吧，算了吧。但奈杰尔的记忆力太好了，现在不考虑的事情，以后还是会想起来。

他开始询问赫伯特在梅登阿斯特伯里的工作情况。赫伯特虽然是个外科专家，但他更喜欢从事全科医生的工作。他对哈利街[①]上的那类医生嗤之以鼻，说那些人趋炎附势、爱慕虚荣、傲慢无礼。要去那里看病，只需要一个好裁缝，一个气派的管家就行，另外还得有胆量花一百个基尼买到医嘱，这在别处的普通医生那里只需要两基尼。那里都是些华而不实的骗子，专门抢劫有钱人。

赫伯特谈及自己的工作时，没有任何的犹豫、自满或虚伪的谦虚，他那黝黑、冷酷的脸上露出几近狂热的表情。在他猛烈地抨击社会现状时，他的眼睛似乎穿过奈杰尔看向了未来的愿景。他谈到了在他刚

---

① 伦敦市中心街道，很多私人医生在此设门诊。

工作时待的工业区里，儿童营养不良，还谈到了劳工雇主们为了逃避卫生条例，采取了损人利己的生产方式。"不是只有工业区才会发生这类事情，就在我们这个镇——"赫伯特突然停下来，然后又说，"只需要花几艘战舰的钱，我们就能拥有健康的国民。我们有知识、技能和物资，但当权者却喜欢用这些来摧毁他们的竞争对手，维护自己的利益。"

早饭后，凯米森医生去巡诊了，奈杰尔去镇上散步。中午回来时，他发现女主人坐在房子后面的小花园里。奈杰尔搬来一把躺椅，坐在她旁边。

"你丈夫是个了不起的人。他在这里一定做了很多好事。"

"是的，他是做了不少，但他也要一个人面对很多事情。"

奈杰尔等着她接着说下去，但她没再开口了。

他端详着她那张端庄而纯朴的脸。她戴着一副角质眼镜，不知怎么，这眼镜使她看起来像是正在一场即兴的猜谜游戏中扮演着角色，而一双能干的大手正在不停地编织孩子的毛衣。她真是让人困惑，似乎没有什么能激怒这位镇定又幽默的母亲。奈杰尔向后一靠，平静地说：

"你为什么害怕班尼特先生？"

那双干练的大手停顿了一下，又继续编织起来。她头也不回地回答："说来话长。"

奈杰尔想起昨天喝茶时他说的话——"这是个漫长又不光彩的故事"。他轻轻地问：

"我想这个故事也没有那么不光彩吧？"

"有些人会这样认为，"苏菲解除了戒备，坦率地回答。她直视着他，补充道："可你是不会的。"

奈杰尔感觉苏菲在责备自己，可同时他又很高兴。

"请原谅我，"他说，"我总是不可救药地喜欢打听别人的事。"

夏日的微风吹拂着蔷薇花，树叶的阴影扫过草坪。

奈杰尔说："请原谅我唠唠叨叨地总是谈论老班尼特，但我真的无法想象他这样的人竟然是酿酒厂的老板。其他先不说，他究竟是如何留住员工的？"

"哦，是乔帮他的。"

"乔？"

"乔是他的弟弟，他是酒厂的人事经理。他们都愿意为他做事，他其实就像是员工和尤斯塔斯之间的润滑剂。他总是想让尤斯塔斯把工厂改造得现代化一些，但尤斯塔斯非常守旧，不愿意这样做。"

"我敢说只要是别人提出的建议，尤斯塔斯都会拒绝。"

"是的，我也觉得是。"

奈杰尔又觉察到她的声音中充满了警惕。

"我想见见乔。"

"他刚出去度假了，他在普尔汉普顿港有一艘游艇。我猜他这次会绕过利扎尔，沿着威尔士海岸航行。我就喜欢这样。"

"是艘机动游艇吗？"

"不是，乔可看不上机动游艇。他甚至连台备用发动机都没有，他说称职的水手都不需要发动机。我们经常跟他说没有备一台太危险了。"

"听起来他应该去当个水手。"

"他是想,但他哥哥在他很小的时候就让他进了酿酒厂。"

"这么说,尤斯塔斯也把乔控制在手里了?"

苏菲想了想。

"是的,"她说,"恐怕有一点。乔很有亲和力,很受大家欢迎,尽管他敢于挑战一些危险的事,但涉及到世俗伦理方面却有点懦弱。我们都很喜欢他。"

奈杰尔想,这几句话虽然不长,但很能说明问题。他越发对苏菲有好感了。

下午4点,奈杰尔迈着鸵鸟般的步伐,心不在焉地穿过啤酒厂的大门。他的左边有一面巨人的砖墙,到处冒着蒸汽,墙上较高的地方有几扇破损的窗户,安置得毫无规律。空气中弥漫着熟悉的麦芽味。再往前有一个抬高的平台,一辆卡车背对着平台,几个人正往卡车里滚酒桶。奈杰尔爬上平台,平台后边有间办公室,上面贴着"问询室"。他的右手边是条长长的通道,一个个酒桶像是市民游行一样,迈着庄严的步伐,沿着通道朝他滚来。奈杰尔压制住要向它们脱帽致敬的强烈冲动,他沉浸在钦佩之中,甚至一开始都没听见领班的喊声。

"快躲开,先生!"

奈杰尔抬头看了看那人所指的地方,惊跳到了一旁。一只巨大的板条箱猛地朝他刚才站的地方落了下来,荡在链子的末端旋转着。领班朝他眨了眨眼。

"这个地方太危险了,先生。前几天滑轮坏了。"

"当时这下面有人吗?"

"有人。砸到老乔治了,砸中了他的肩膀,流了很多血。所幸没伤到他的头。"

"出了那样的事,我以为你们会换个新滑轮。"

"没有换,只是把旧的修理了一下。不过等乔先生回来——"

这时,领班的注意力转移到其他地方去了。奈杰尔最后瞥了一眼在传送带上滚动着的桶,就走进了办公室。

"找班尼特先生?"接待员说,"他现在不在厂区。我问一下。"

"他说今天下午会安排我到处看看。也许索恩先生知道。"

接待员拿起内部电话,电话线另一端传来一阵吱吱声,她跟那边兴致勃勃地聊了几句。

"他不在,先生。索恩先生马上过来接待您。"

接待员没有表现出要继续工作的意思,而是跟奈杰尔天马行空地闲聊了一会。很快,加布里埃尔·索恩出现了,他穿着类似裁判服的白色外套,看起来格外干练。他领着奈杰尔穿过各种各样的通道和旋转门,最后一扇门打开后,奈杰尔听到了从未听过的地狱般的喧嚣声。

"这里是灌装间。"索恩在他耳边大声喊道。

瓶子到处都是。这些瓶子安详地沿着传送带前进,转弯,一路颠簸着通过灌装和木塞装置,然后温顺地躺下来被人贴上标签。比起那些邋遢的女工,这些瓶子看起来至少还像人。那些女工就只是阴沉着脸，做着些机械的动作，辅助瓶子前进，给机器填料。有那么一会儿，奈杰尔把这些瓶子大军想象成玻璃之神，而这些女工就是信徒，无休止地进行着笨拙的仪式，对瓶子们顶礼膜拜。就在机器的轰鸣声和瓶子撞击时的隆隆声几乎要把他震聋时，奈杰尔被带领着离开了。

他跟着向导爬上陡峭的梯子，进入一个十英尺高的信号塔。在那里，他被介绍给一个又瘦又高，看起来垂头丧气的男人，奈杰尔从没见过像他这样粗大而黝黑的眉毛。

"这是巴恩斯先生，我们的首席酿酒师。"

"很高兴见到你，先生。"

"我们先喝杯茶再继续参观吧。"索恩说。

他递给奈杰尔一杯茶和一盘饼干。巴恩斯先生挠了挠下巴，倒了杯啤酒，带着好奇心忧郁地端详着它，就好像之前从未见过这东西似的，而后小心地啜饮起来。

"嗯，这酒酿得不错。"他如梦似幻地说，然后突然把剩下的酒一饮而尽。

"这才下午4点，你怎么能喝那种东西啊！"索恩说。

"我从来不喝茶，那就是毒药。茶会把你的内脏变成皮革，而且又苦又涩。"

"笑话。"索恩说。

奈杰尔透过信号塔的玻璃窗向外看去。下面有两个人坐在啤酒桶上，散漫地聊着天。奈杰尔想起领班和接待员也很爱讲闲话。

"现在是休息时间吗？"他问道，"你们有些家伙似乎并不专心工作啊。"

巴恩斯先生抬起一根手指摸了摸鼻子。

"山中无老虎——"

"班尼特老头今天没来,"索恩解释道,"如果他来查岗了,他们早就跳起来干活了。"

奈杰尔注意到索恩在啤酒厂里完全是另外一个人。昨晚他易怒,好争辩,很在意他作为诗人的尊严,表现得很刻意。在这里,他似乎更自在,更自信,更容易相处,但也没那么有趣了。显然,他把超现实主义诗人的身份和啤酒商门生的身份区分开来了,后者比前者对工作更感兴趣。

"我还以为班尼特会来这里给我一些松露案的线索呢。"奈杰尔说。

"哦,他估计很快就来了。"索恩漫不经心地说。

"他今天根本就没来过,是吧?"巴恩斯说。

"没有,怎么?难道你喜欢他到处闲逛吗?你就知足吧,首席酿酒师先生。"

索恩的声音听起来有些不耐烦。

"行吧。"巴恩斯不自在地说。显然,他在忠于老板和自得其乐之间左右为难。

"到处闲逛是老班尼特最让人反感的特点之一,"索恩继续说道,"他会时刻紧盯工人,为此还穿了地毯拖鞋。只不过这里太吵了,他根本不需要换拖鞋。"

"打住,索恩先生!你不该说这些的。"首席酿酒师告诫道,他乌黑的眉毛高高挑起，有那么一瞬间，看起来像是乔治·罗比[①]。索恩的下唇也不服气地噘了起来。奈杰尔心里又开始盘算，此时面前的这位年轻人又是哪个身份呢？

"你忘了艾德·帕森斯那回吗？"索恩粗暴地问。

"哦，是这样，"巴恩斯先生说，"他那天感觉不舒服，生病了，仅此而已。"

"胡说！"索恩转向奈杰尔，"艾德·帕森斯是负责装卡车的。有一天他在外面，班尼特走过来站在他背后。艾德知道他在那儿，但没有回头。班尼特只是站在那里，用他鳄鱼般的小眼睛盯着艾德，一句话也不说。过了一会儿，艾德受不了了，他感到很恶心，如芒刺背，当场就吐了——这就是你要找的尤斯塔斯·班尼特。"索恩的声音尖利起来。

"索恩先生，翻旧账是没意义的。"首席酿酒师说，"听我的，别惹麻烦。不管怎样，老板在我们这里也待不了太久了。"

"什么？你这是什么意思？"索恩惊呼。

"我听到些传闻，"巴恩斯先生阴沉地回答，"我不想透露是谁说的，但我确实听到了传言，我们厂要跟英国中部的一家大公司合并，名字我就不说了，他们想要买断班尼特先生的股份。"

"真的吗？"加布里埃尔·索恩的声音听不出什么异样，但奈杰

[①] 乔治·罗比（George Robey，1869年9月20日—1954年11月29日），英国演员，编剧。

尔注意到他的脸上掠过一丝痛苦。这个年轻人强忍着情绪说：

"好了，斯特雷奇威，如果你休息好了，我们再到别处看看。"

他给了奈杰尔一件白色的长外套，因为参观酒厂很容易弄脏衣服。

他们从巴恩斯的"鹰巢"里爬了下去，巴恩斯先生沉思着又倒了杯啤酒。穿过通道，他们又爬上另一个梯子，站在了一个平台上，两边各有一个容器。其中一个像是个大洗衣盆，另一个是个铜球，体积好比巨大的平流层气球。索恩指着铜球说：

"这是加压煮沸锅，在这里，麦芽汁要加上啤酒花一起煮沸。我们现在特别忙。今天要分三次煮沸，整个过程大约两个半小时。这口锅是最近新装的，是啤酒厂的骄傲。乔为了安装这口锅和尤斯塔斯大吵了一架。"

接着他转向那个巨大的洗衣盆："这是旧式的敞口锅。由于蒸发的原因，这里的损耗会更多。这就是松露掉进去的地方。"

此刻，奈杰尔已然来到了犯罪现场。他踮起脚尖才能勉强看到敞口锅的里面。看起来，一只习惯于久坐的老狗是无法自己跳进去的。

"里面的东西很快要排出去了。5点钟，他们会来清洗加压煮沸锅。"

奈杰尔想知道人怎么样才能进入那个铜球，然后，他注意到铜球上边的一侧有个检修孔。

加布里埃尔·索恩带着他参观了不同的流程，讲了很多奈杰尔并不想了解的技术细节。由于没有理工科的头脑，对科学技术也不太关注，他反而更留心那些奇怪的细枝末节，比如地板上四溅的大团泡沫，各种刺鼻的气味（蒸汽、啤酒花、酵母、麦芽，天知道还有什么），以及啤酒厂底下刷白的地窖里的诡异气氛：那里几百个酒桶并排放在铺满沙子的地板上，有一两个偶尔冒出气泡，发出嘶嘶声。还有一处凹进去的地方，矗立着一扇生锈的铁门。

"穿过那扇门，有口井。酒厂建成后不久，就打了这口井。镇上的自来水是生产不出好啤酒的，水的品质不同会造成很大的差异。"

索恩往里面扔了一块石头。一、二、三，扑通。奈杰尔想，这真是一个藏身的好地方。其实在他们参观的时候，他不止一次这样想了。整个啤酒厂对于有谋杀倾向的人来说，有着极强的诱惑。那里有好几个大桶，里面装满了废弃的啤酒，几个月来都无人看管，真是处理尸体的好地方。还有发酵容器，也挺适合的。索恩跨过楼梯栏杆，来到一个巨大的圆形木制平台上，示意奈杰尔跟上他。

"我们脚下是一个正在发酵的容器。如果你打开盖子往里面探头看，30秒钟内你就会晕倒，里面充满了二氧化碳。"

奈杰尔表示他相信索恩的话。

管道，管道，还是管道。整个啤酒厂就像人体一样布满了复杂的肠道。管道弯弯曲曲地绕过各个角落，或是消失在天花板上，或是突然出现在你脚下。当然，所有的管道里汩汩地流动着可口的啤酒。

"真不错。"奈杰尔想。

酿酒的某些程序里温度非常高。参观完锅炉房后，奈杰尔希望啤酒也能在他身体里面汩汩地流动。他擦去额头上的汗水。

"想凉快一下吗？"索恩说，"跟我来。"

梯子也是无处不在,他们在其间上上下下一番,穿过一个放满了巨大而沉重的大麻袋的房间,最后来到一个看起来很结实的门前。开门之前,索恩按了按旁边的开关。

"这是应急铃,"他解释道,"有天晚上,一个家伙不小心把自己锁在了里面,他靠不断地跑来跑去才捡回一条命。从那以后,班尼特才不得不装了安全装置。"

那扇坚固的门转到一边时,奈杰尔一下子就明白了:他们来到了冷藏室。刚进去的时候,寒气并没有迎面袭来,因为风还没有流通。但过了片刻,你就会感到寒冷不知不觉已经钻进骨头里了。一个个巨大的冰柜矗立着,布满了冰霜,白得发光。索恩关上了门,四周一片寂静,对于刚才被机器的轰鸣声搞得头昏目眩的奈杰尔来说,这寂静也像是被冰冻住了一样。奈杰尔不由地低声呜咽起来。索恩解释着调节温度的方法,可奈杰尔对这些科学信息一点都不感兴趣,他在离门最近的冰柜旁,漫不经心地在结了霜的凹槽里来回移动着手指,这时他在凹槽底部碰到了一个小而坚硬的东西。奈杰尔看见那里有一小块厚厚的霜,这个东西就在霜上面。它的表面有点结霜,但没有被霜完全覆盖。他下意识地拿起这个东西,随手扔进了口袋,要是还放在那里,它注定要被遗忘好几天。这样的话,正在冷藏室外面等着奈杰尔的怪异难题,就更难解决了。

索恩领着奈杰尔四处参观时,非常干练,一副公事公办的模样。显然,他已经习惯于当向导了。描述性的词句流利地、心不在焉地脱口而出,这对他来说就是小菜一碟。但奈杰尔觉得,索恩表面上在机械地宣讲工艺流程，可心思却完全在别的事情上。有那么一两次，他很惊讶于这个年轻人眼里的神色，是恐惧？痛苦？还是更复杂的情感斗争？奈杰尔突然怀疑，是不是索恩杀死了班尼特的狗。他说道：

"好吧，为了我的报酬，我觉得我应该做点什么了。"

"什么？哦，松露的事。是啊。"索恩心不在焉地说。

"可是，班尼特得多告诉我些情况，否则我也做不了什么。"

"如果你愿意，我可以带你去看——呃——失踪现场。"索恩说着，打开了那扇坚固的门，站在一旁，让奈杰尔先走。"我们去尤斯塔斯的办公室吧，他现在应该已经在那里了。"

但他们没能去成尤斯塔斯的办公室。索恩锁门时，他们听见右边的什么地方传来低沉的喊叫声。奈杰尔这才意识到机器的轰鸣声已经减弱为轻微的嗡嗡声。他下意识地看了看表：5点03分。今天的工作一定是接近尾声了。一个惊慌失措的男人冲到加布里埃尔·索恩面前，上气不接下气地说了些什么，奈杰尔只听见最后几个字："加压煮沸锅"，然后索恩就跟在他后面匆匆离开了。奈杰尔紧步跟上。几秒钟后，他又一次爬上了矗立着一口口大锅的台子。巴恩斯先生已经在那里了，正粗鲁地阻止那些想要到台子上来的人。他身旁站着另外一个人，他那肮脏的蓝色工作服使他的脸色显得很苍白。加压煮沸锅的检修孔是打开着的，巴恩斯先生用手指朝它指了一下，索恩便爬上去探头往里面看。奈杰尔可以看到他整个人僵住了，身子不由得往后缩了缩，然后竟摇晃了起来，好像要晕倒似的。他们把他扶了下来，奈杰尔站了上去。

虽然煮沸锅里面很黑，但奈杰尔还是看见了那个朝他讪笑着的灰暗的东西：那是一具已经散落了一半的骸骨，但这次可不是狗的骸骨了。骸骨上残存着湿透了的破烂晚礼服和煮过的衬衫。

奈杰尔把目光从这令人不快的场景上移开，跳回到台子上。巴恩斯先生和清洁工盯着他，露出无助而可怜的神情，人们在遇到不同寻常的紧急情况时都会有这种神情。

"你们给警察和医生打过电话了吗？"奈杰尔问。他刚说完这句话就意识到，锅里那具骸骨已经不需要任何医生了。

"是的，先生，"首席酿酒师说，"我刚告诉珀西——"

"听着，我们必须把他弄出来，我们不能——"索恩几乎歇斯底里了。奈杰尔抓住他的肩膀用力摇晃着。

"冷静一下。"他命令道。

索恩疲倦地摸了摸额头，神情古怪地盯着奈杰尔，身体又僵硬起来。他带着像醉鬼一样的那种神经兮兮，极不自然的严肃口气低声说道：

"你知道那里面是谁吗？"

"不知道，"奈杰尔说，"但我们也许能调查清楚。"

他犹豫不决地站了一会儿，然后喃喃自语道："没必要等警察来了。"他让清洁工拿个手电筒来，在煮沸锅里搜一搜，看有没有散落的物品。"不要打扰到——呃——死者，但是如果口袋里有东西，你就拿出来。进去之前戴上这双手套，以免在煮沸锅外面留下多余的指纹。"

"指纹，"巴恩斯先生挠着下巴疑惑地说，"你是说这是谋杀？"

"没有人会不小心掉进那个检修孔，你该不会以为有人会用这样异想天开的方式自杀吧？"奈杰尔有点不耐烦地回答。

"说得对。"巴恩斯先生说。

"要我派人去看看啤酒花浸取槽吗？"他补充道。

"啤酒花浸取槽？"奈杰尔疑惑地问。

"是啊。麦芽汁要从那里流进去。等麦芽汁从里面全部排出后，任何小东西都会从排水管中沥出来，明白吗？"

"明白了。不过我又想了一下，你还是不要去看了。"奈杰尔觉得任何可能发现的线索，最好都在他的眼皮底下找到。

清洁工在煮沸锅里走动时，锅体发出了沉闷的轰隆声。看热闹的人听见他倒抽了一口凉气。紧接着，一直懒洋洋的巴恩斯先生出人意料地快速冲到了检修孔。清洁工递给他一个东西。

"你看，巴恩斯先生，这是我们老板的表，往常总是系在他的马甲上。"他急切地低声说着，但不知怎么下面的人们听到了，沙哑的声音都开始轻声议论起来——

"是老板。"

"是老板！"

"那里面是老板。"

"他们找到了他的表。"

"有人把老板扔进了煮沸锅里。"

"你是说他是被人扔进去的？"

奈杰尔端详着同伴们的表情。首席酿酒师似乎很困惑，他的大脑试图跟上事情的发展。加布里埃尔·索恩看起来似乎在计算着一道人生中的重大难题。

清洁工从检修孔爬了出来,眨了好一会儿眼睛,然后从他那深深的工装口袋里摸出一支钢笔,一副缺失了大部分镜片的夹鼻眼镜,一些零钱和一只手电筒。奈杰尔让他把这些东西排成一排放在地板上。

巴恩斯先生伸出手想去拿夹鼻眼镜,又慢慢地把手收了回来,仿佛那夹鼻眼镜是一只脾气不定的狗。

"我敢肯定,那是班尼特先生的夹鼻眼镜。"他说,"那支钢笔也是他的,从牌子上可以看出来,沃特曼牌的。"

"要证明死者的身份,恐怕没有那么简单。"奈杰尔说道。他意识到他的同伴们都处在震惊之中,尤其是像索恩这样容易紧张的人,让他压抑着激动的情绪会很危险。于是,奈杰尔平心静气地娓娓道来:

"要确认身份,就需要——"

这些坐立不安的听众们还没怎么听,就传来了一阵沉重的脚步声。一位脸色苍白的大个子探长,不慌不忙地大步走来,他身旁是一名警官。让奈杰尔吃惊的是,紧随其后的是凯米森医生。探长笨拙地爬上梯子,用怀疑的目光烦躁地盯着这一小群人。奈杰尔突然感觉到探长会说:"喂,这到底是怎么回事?"探长果然这样问了,但似乎没有人准备回答这个简单的问题,因此奈杰尔回答了:

"煮沸锅里有具尸体。"

探长恶狠狠地瞪了奈杰尔一眼,看到他的严肃表情后,转而说道:"一具尸体?呃,好吧,这个等会儿再谈。"他拿出一个笔记本,咄咄逼人地问道：

"谁发现的？"

清洁工倒吸了口气回答："是我，先生。"

"姓名？"

探长记录了他的名字和地址，包括索恩和首席酿酒师的。然后带着狡猾的猜疑神情，转向奈杰尔。

"你的名字，先生？"

"奈杰尔·斯特雷奇威。"

"是这里的员工？"

"不，我——"

"啊，我觉得也不是。我能问问你来这里干什么吗？"

奈杰尔被这个人傲慢而咄咄逼人的语气惹恼了，他严肃地回答：

"我是为了一只狗的事来见一个人的。"

探长张大了嘴巴，脸上泛起愤怒的红晕。奈杰尔忍不住又加了一句：

"不过，用诗人的话说，我要见的人好像就是死去的那个人。"

第三章

7月17日 下午 5:15—7:50

什么时候才能摆脱理智的枷锁,

思想的尘埃终将被埋葬,

灵肉之躯将被杀死,

只有尸骨长存?

——A.E 豪斯曼[①]

[①] A.E 豪斯曼（Alfred Edward Housman, 1859~1936), 英国学者、诗人。

"你为了一只狗来见一个人？"探长回过神来，"你是想让我当真呢，还是在拿我开玩笑？"

这句玩笑话似乎惹恼了探长，奈杰尔懊恼不已。

"不是，我说的是真的。不过也许我不该那样说话。"于是奈杰尔简短地解释了班尼特先生委托他的事情。

"斯特雷奇威先生是私家侦探，曾多次协助警方办案。他的叔叔是警局的副局长。"凯米森医生解释道。他刚才旁观了整个过程，毫无表情的脸上，肌肉只是偶尔微微地抽动一下。

"很好，"探长冷冷地说，"我们得开始工作了。我叫泰勒，这位是托沃西警官。死者是谁？"

"尸体现在无法辨认，至少我是这么认为的。"奈杰尔说，"但是我们在煮沸锅里发现了一些物品，巴恩斯先生确认是尤斯塔斯·班尼特的。东西在那里。"

一提到班尼特的名字，托沃西警官就恨得牙齿痒痒，就连探长似乎也有点发抖，但是他很快就恢复了常态。

"不应该碰这些东西，"他责备地看着奈杰尔，问道，"谁拿过来的？"

"清洁工。"奈杰尔匆匆地说道，"不过我对此负全责。"

探长粗鲁地转向清洁工，用一种显然是对工人阶级特有的语调，盛气凌人地说：

"是你啊？讲讲你是在哪里发现的。"

清洁工紧张地舔了舔嘴唇，说：

"先生，是这样的。表链系在马甲的扣眼上，表悬在链条的另一端。钱在他的裤子口袋里，手电筒在外套的口袋里。钢笔夹在里面的口袋里。带着链条的眼镜是在他脑袋旁边找到的，先生。"

"你就找到了这些？"

"是的，先生。"

"确定吗？"

"呃，什么——"

"警官，搜他的身。"

泰勒探长力求万无一失。清洁工不得不接受对他的口袋和身体的彻底检查。

"喂，"搜查结束后，探长说，"给我手电筒，我进去看看。"

他笨拙地爬过检修孔，台子上的这一小群人静静地站着，一言不发。让他们折服的是，他竟然没有先看一眼摊在那里的骇人的东西，就径直爬进去了。他们听见他先是拖着脚在里面走来走去，然后就没有声音了。他似乎在里面待了很长时间，索恩坐立不安地摆弄着手指。终于，探长的脸再度出现在检修孔，他的脸色比之前更苍白了，帽檐下沁出了汗珠。他笨拙而从容地爬了出来，站了一会儿，掸了掸制服。然后他转向了首席酿酒师：

"呃，那个通气孔，还是叫排气管之类的东西，它通向哪里？"

"通向啤酒花浸取槽。"巴恩斯说，"如果这是你想要的线索——"

"托沃西，让人带你去浸取槽，好好搜查一下。还有，谁是这里的负责人？"

"从某种意义上说,我是这里的主管,"巴恩斯先生说,"既然老板出了这样的事,乔先生也外出度假了。"

"很好,我现在需要一个单独的房间,要审问目击者。你能安排一下吗?我想,班尼特先生的房间就可以。"

"哦,老板一定不会同意的。"巴恩斯先生惊愕地喊道。尤斯塔斯·班尼特的影响可真是根深蒂固。探长不理会他的抗议。

"医生,如果你想初步做下检查的话,最好现在就做。但我觉得没多大用处,因为没什么东西可查了。"他冷冷地补充道,"请别移动它,先生,我们拍照取证的马上就来。"

凯米森犹豫了片刻,像是要说什么,随后就钻进了煮沸锅。

"好了,"探长泰勒说,"最后一次见到班尼特先生是什么时候?"

"他今天一天都没出现。"首席酿酒师说。

"你确定吗?"

"绝对确定。问询处的职员也会告诉你他没来过。再说了,如果他来了,我们会知道的。"

"班尼特先生可从来都不是你们说的那种看不见的存在。"加布里埃尔·索恩补充了一句。

探长怀疑地盯了他一会儿,索恩有点不自在了。

"员工们早上几点到这里?"

"第一批早上5点到。"

"我要见见他们。他们在厂里吗?"

"不在。他们现在应该已经下班了。"

"那就派人把他们叫来。"

首席酿酒师走下梯子，对下面一个人说，万能的上帝想见谁谁谁，请他们火速赶到厂里来。为了不让探长听见这些会令他不悦的话，奈杰尔说：

"班尼特先生昨晚参加了凯米森家举行的聚会。他和妻子在11点到11点15分之间离开，这就确定了案件是这之后发生的。他当时跟我说今天上午不会来酒厂，但下午茶的时候会来跟我见面。"

探长浅蓝色的小眼睛凝视着奈杰尔：

"班尼特先生没有赴约，你不感到惊讶吗？"

"只有一点惊讶。我以为他随时会出现。索恩先生很好，带我在厂里四处参观。"

"班尼特先生没给你留口信吗？"

"就我所知并没有。"

"嗯，太奇怪了。"探长身上似乎散发出一种怀疑的氛围，就像潮湿的雾气一样，渗透到他说的每一句话以及听他说话的人身上。奈杰尔认为他是一个空有抱负，却不得志的人。

"第一项工作，"探长说，"是确认死者身份，并尽可能地确定死亡时间。"

"这可不是件容易事。"赫伯特·凯米森从煮沸锅里爬出来，淡淡地说，"肉都被煮化了，所以没办法根据胎记确认身份。下颚和一些小骨头已经脱落了，我们肯定会全部找到的，但要把整个骨架连接起来还需要一定的时间，还好衣服把它们固定住了一些。如果骨头有先天畸形，或曾经骨折过的话，我仔细检查一下就会发现，这就可以给你提供一个线索。我现在能告诉你的是，尸体的身高和体格和班尼特相似，衣服是他的，头发颜色也跟他的很像。你也看到了，尸体贴在煮沸锅内的蒸汽管上，单单是管子的热量就足以烧掉所有接触到它的肉体。而且，正是由于尸体被蒸汽管缠住，才不会在排出锅内东西的时候沉到锅底，从而堵住出水管。对了，尸体的牙齿在哪里？"

"牙齿？啊，我注意到了。"探长缓缓说道。

"我知道班尼特有一副假牙——上下一整副。可是头骨的上颚和脱落的下颚都没有牙齿。你得找到这些牙齿，它们最能证明身份了。"

"我会搞定的，先生。"探长有点不耐烦地说，"那么死亡时间呢？"

"这个我就帮不了你了，尸检报告也不行，根本就没有器官可供我们检查。我能说的就是，尸体在煮沸锅里一定至少待了6个小时，才会沦落到这个地步。"

探长转向巴恩斯先生：

"他们早上把啤酒花之类的东西放进去之前会打开检修孔吗？"

"不会。"

"什么时候开始煮？"

"早上8点。"

"也就是说，就我们目前所知，如果尸体是班尼特先生，他是在昨晚11点15分到今天早上8点之间进去的。"

探长意识到听众都在专心听他讲话，便按捺住自己的脾气。

"巴恩斯先生，我想要你们守夜人的姓名和地址……谢谢。凯米森医生,现在这里没什么要你做的了。不知道你是否介意给寡——班尼特太太打个电话。你是他们的家庭医生,所以你来打电话会比较自然。别惊吓到这位好夫人,就问一下,她丈夫今天早上是几点离开家的,你可以为此找个借口,比如斯特雷奇威先生想知道他为什么没有赴约之类的。"

"好的。"凯米森说。

"等一下,医生。"探长又说道,"等一下。你觉得这有可能是自杀或是意外事件吗?这似乎不值得问,但是——"

"不可能是意外。"凯米森简短地回答,"如果是自杀,就意味着这个不幸的家伙要钻进去,闩上检修孔——可这在里面是不可能做到的——然后躺下来,等着被活活煮熟。可是如果没有关上检修孔的话,那么今天早上在把原材料倒进去之前,一定会有人注意到的。同样,如果他今天在煮沸过程开始之后跳进去,也一定会被发现。因为一旦发现检修孔是开着的,就得进行报告。"

"没人报告过吗,巴恩斯先生?"探长问。

"没有。如果你愿意,我明天询问一下,把事情弄清楚。"

"好的。"

"你应该相信我。自杀在理论上是有可能的,但从人的角度来看是完全不可能的。"凯米森说。

"和我想的一样。"探长说,"同样也适用于识别尸体,嗯?我是说,理论上尸体可能是别人,但实际上肯定是班尼特?"

"我可没那么说。"凯米森回答道,又恢复了职业上的谨慎。"顺便说一句，还有一件事。凶手只有先把受害者弄晕，才能把他塞进检修孔。如果是用药物、毒药或是麻醉剂致人昏迷的，我就帮不了你了。如果是袭击了头部，影响到骨骼结构的话，那我的检查可能会给你带来线索。"

赫伯特·凯米森去打电话了。不久，拍照取证和采集指纹的人到了，开始了工作。奈杰尔心不在焉地盯着他们，试图回想起脑海深处的东西，煮沸锅，煮沸，啊，是的！

"索恩，你不是说这口锅今天分三次进行了煮沸吗？"

"是啊。"

"每次两个半小时？"

"差不多。"

"你看，探长，凯米森说过尸体要经过至少6个小时的煮沸过程，才会呈现出那样的状态。也就是说，在三次煮沸期间，它肯定一直都在。因此，尸体不管是班尼特还是其他人，肯定是在第一次煮沸之前，也就是今早8点之前被放进去的。"

"是的，先生，你的推断貌似很合理。我不知道分三次进行了煮沸，我以为煮沸锅整天都在连续工作。"

奈杰尔觉得这个发现还有其他含义，但他的大脑太疲倦了，无力再深究下去。这时托沃西警官出现了，他满脸通红，身上脏兮兮的，却得意洋洋。那砖红色的脖子上面，架着一张老实坦诚的脸。他小心翼翼地用手帕包着什么东西。然后，他打开手帕，露出了目前在这个案子中发现的，除了尸体之外最可怕的东西：两个破损而扭曲的牙托，上面还留有几颗牙齿。手帕里还有一些脱落的牙齿,一个图章戒指和几片小骨头。

"认识这枚戒指吗?"探长略微朝巴恩斯先生抬了一下头。

"这肯定是老板的。他的徽章,看见了吗?"

"一定是肉被煮化后,从手指骨上滑落下来的。警官,让救护车的人把尸体弄出来吧。我半小时后回警局……啊,医生,你来了。她怎么说?"

奈杰尔觉察到了紧张的气氛。巴恩斯先生浓黑的眉毛拧在了一起。加布里埃尔·索恩目不转睛地盯着自己的右手背。即便是探长也不再端着了,露出了好奇的神色。但赫伯特·凯米森一如既往地无动于衷,他用像是在说"病人要注意保暖,他就是发了一点烧,没什么好担心的"一样的语气,说道:

"班尼特太太告诉我她今天没看到她的丈夫。吃早餐时他就没出现。"

"没吃早餐?"探长喊起来,"你是说死者已经失踪一整天了,但他的妻子竟然无动于衷?"他咄咄逼人地瞪着凯米森,好像医生要对班尼特太太的反常行为负责似的。

"似乎是这样。"凯米森平静地回答,"你最好自己问问她。如果你愿意,我们现在就过去。我把这里的情况告诉她,然后,如果她的身体状况适合审问的话,你可以审问她。"

探长又吩咐了几句,就准备离开了。

"请你务必留在这里,巴恩斯先生,"他说,"等我问完班尼特太太，还要回来检查她丈夫的私人办公室，再审讯那些工人们。请你随时待命。"

巴恩斯先生看起来比以前更沮丧了。

"好的。我还得联系一下税务局，酿了一整天的酒全都浪费了，真是不爽。"

首席酿酒师走开了，奈杰尔心想，以尤斯塔斯·班尼特的为人，这也许是应对当天发生的事情最明智的做法。奈杰尔不知道自己是该感到厌恶还是好奇。尤斯塔斯·班尼特还是死了为好，这是毫无疑问的，奈杰尔也无意去追查是谁杀了他。但不知怎么，他觉得自己已经深陷其中，这不仅仅是有关松露的事了。他无法忘记苏菲·凯米森奇怪的沉默，也忘不了更让他奇怪的，当她把手搭在他的手臂上，让他不要"再对班尼特先生无礼"时，就仿佛是恐惧之神碰了他一下。苏菲传达的恐惧到底是什么呢？他一边想，一边不耐烦地把一撮垂在额头上的淡黄色头发甩到后面。哈哈，这都是什么愚蠢的念头。我和此事无关。

"好了，我走了。"他说。

"你不跟我们一起吗？"凯米森出乎意料地问。探长皱起了眉头："这不合常规，先生，我不知道我能——"

"但是你看，"凯米森打断了他，"斯特雷奇威已经参与进来了。松露的事也许跟班尼特的死，或者说和你正在调查的那个人的死有关系。"

"哦，拜托，先生。事情已经有点紧张了，没必要把它进一步神秘化了。"探长带着令人恼火的优越感回答。

凯米森耐心地说：

"当然，这可能是巧合。但奇怪的是，在两周内，先是一只狗，然后是他的主人，都以同样的方式被杀死了。有没有可能松露的死是为班尼特的死进行的彩排呢？"

就连探长都折服于这个令人不安的设想，更令人不安的是，凯米森提出设想时，语气冷静，没有一丝感情色彩。

"哦，先生，你说的也许有些道理。"他说，"但我喜欢按规定办事——"

"哎呀，这是谋杀案，不是交通堵塞。如果你想按规定办事，今晚就给总局的约翰·斯特雷奇威爵士打电话，他会给你提供奈杰尔的诚信证明。"

于是，奈杰尔跟其他两个人一起走出了啤酒厂，他注意到自己是唯一一个没有被征询意见的人，貌似探长和凯米森都理所当然地把他看作是一只迫切期待出征的猎犬，哪怕仅仅是业余的。算了，爱谁谁。班尼特家的房子离啤酒厂只有一分钟的路程，这是一座位于小镇郊区的张扬的红砖房，与梅登阿斯特伯里历史悠久的柔和且端庄的风格大相径庭。奈杰尔心想，这倒是很适合已故的那位主人居住。

凯米森医生让他们等在晨间起居室，自己去找班尼特太太。探长挺直身体，稳稳地坐着，双手放在膝盖上，径直地看向前方。奈杰尔不安地走来走去，心不在焉地用手指拨弄着家具。壁炉台上的一幅画像吸引了他的注意。那是一个中年人，圆脸，涂了厚厚的发油，头发从中间分开，虽然留着军人风格的胡子，但也难掩过于可爱的小嘴给人带来的柔弱感，眼睛里露出半是歉意、半是热情的神色。奈杰尔觉得这种人在日常生活中也要暂时保留军衔——对，他一定很喜欢被称为"某某上校"；他可能会这样跟你讲话，"喂，小伙子，最近怎么样？"他可能会请人喝酒，跟你讲一个不太隐晦的下流故事。他也许没有意识到，最让他害怕的是不受欢迎，但是他实际上是个很受欢迎的人，尤其在那些地位比他低的人中间。至于职业，他可能是个失败的养鸡场老板，或是一个成功的商业推销员。奈杰尔觉得他哪怕是在找借口，都会显得非常可信。

"知道这是谁吗？"他问探长。

"他是乔·班尼特先生——班尼特先生的弟弟。"

"天啊！他可一点都不像尤斯塔斯。至少，整个神情都不一样。如果仔细看，五官还有点相似。"

更让奈杰尔感到奇怪的是，苏菲曾说他们都很喜欢乔，可他看起来一点都不像那种人。奈杰尔仍在琢磨，凯米森医生已经出现在门口。

"班尼特太太已经准备好跟你们谈话了。我告诉她恐怕她丈夫已经遭遇不测了。最好不要跟她谈那些让人不快的细节。"

"她有什么反应？"探长问。

"嗯，她自然是非常震惊。"凯米森医生回答。奈杰尔感觉这个模棱两可的表述有所保留，就连探长都好奇地打量着凯米森，似乎期待他做进一步的解释。然而，医生一句话也没说，就把他们领到班尼特太太的客厅去了。在探长表示慰问时,奈杰尔端详着艾米丽·班尼特。她的眼神茫然,满脸通红,手颤抖着;一头凌乱的灰白色头发,其中一撮垂落到耳朵上;她穿着邋遢,嘴巴细长,向下弯曲的嘴角微微颤抖着——这一切都让奈杰尔觉得眼前的人不像是个悲伤的寡妇,而是跟那些压抑、孤独、古怪的老处女一模一样。这些老处女过了一辈子无可指责的生活,有一天会毫无缘由地突然爆发出来,喝得酩酊大醉,当街撒酒疯,就连警察们都觉得尴尬,不得不把她们赶走。几年前,奈杰尔在皮姆利科[①]就见过这样一个人,最后在欢呼的人群中被拖走了。

泰勒探长说:

"太太,你说自从你们昨晚11点20分回到家之后,你就没有见过你丈夫了,你直接去睡觉了。你的丈夫住在一个单独的房间,他说他有点工作要做。你马上就睡着了,没有听见他上楼休息。是这样吗?"

"是的,先生。"

这句"先生",还有班尼特太太平静的语气让奈杰尔吃了一惊,这与她昨晚羞怯而端庄的语气太不一样了。尤斯塔斯·班尼特肯定是娶了一个任凭他摆布的女人,而他的死让艾米丽摆脱了他的掌控。现在,她终于可以做回自己了,这才是真正的艾米丽·班尼特。

探长听到这句"先生",也有点不自在。不过,这句话对他产生了影响,不知不觉中,他又恢复了在酒厂对清洁工说话时的咄咄逼人

---

① 英国威斯敏斯特市的一个区。

的语气：

"你是说，虽然你丈夫没有下来吃早饭，虽然之后你发现他的床根本都没人睡过，而你却对此无动于衷？你甚至都没有打电话到酒厂去问一问？"

他的强横语气似乎让她想起了尤斯塔斯，让她想起她应该是个"淑女"，艾米丽·班尼特恢复了上流社会的语调：

"是的，不，我是说，我丈夫非常讨厌任何形式的干涉。他不会喜欢——不会喜欢我瞎担心他。如果他发现我给酒厂打电话询问他，他会非常生气的。"

"但可以肯定的是，他整晚都没上去睡觉，你不觉得这很不寻常吗？"

班尼特太太的手指缠绕着手帕，脸涨得更红了。最后，她抬起头，挑衅地小声说道：

"嗯，这并不罕见。就是这样。这样的事之前已经发生过好几次了。"

"见鬼了——"

探长正要大发雷霆，凯米森医生打断了他，轻声说：

"你是说，你丈夫以前常去找别的女人？"

"是的。"班尼特太太的声音几乎听不见了，"如果他在这里找不到，就会去巴黎度假，和女人在那里约会。他从不费心对我隐瞒这种事，他根本不把我放在眼里，不需要费心——"她哽咽了，最后哭了出来。

他们没再待太久。乔·班尼特要中断度假赶回来是势在必行了，但艾米丽只知道他从普尔汉普顿出发，会在天涯海角①一带航行，然后上行至威尔士海岸。对此，泰勒探长只能通知每个可能停靠的港口，别无他法。班尼特的仆人作证说，她听到主人们昨晚 11 点 20 分回来的，然后就去睡觉了。探长问了班尼特牙医的名字，以便去确认那副假牙。又问了一两个问题，仆人们就离开了。探长安排了验尸的时间，就匆匆地跟另外两人告辞了。

"班尼特太太看起来不太伤心，我不感到奇怪。"奈杰尔说。他们走在陡峭而狭窄的街道上。"这对她来说，是从束缚中解脱出来了，就像以色列人脱离了埃及一样！"

赫伯特·凯米森严厉地看着他：

"我告诉她恐怕她的丈夫已经死了的时候，她说的第一句话是'死了？尤斯塔斯死了？你说的是真的？他真的死了吗？我不敢相信。'当然，这也是震惊的表现。她这样说，并不是她的错。"他意味深长地补充道。

"当然不是。"奈杰尔面无表情地说。

"可以说，这让我大吃一惊，她看起来好像是我给她带来了一个礼物似的。她很激动，头发都散了下来。真可怜。你也注意到她的语气了吧？"

"是的。"

---

① Land's End，位于 Cornwall 的最南端，也是英格兰最南端，被称为英格兰岛的"天涯海角"。

"有趣。我从没想到会是这样。嗯，好吧。奈杰尔，你别跟泰勒说这些。那个人太有野心了，他只想着要尽快抓到凶手。就凭我刚才告诉你的这些，他会把班尼特太太送进监狱。托沃西是个好人，我跟他一起打过好几次板球。但我们跟泰勒一起就得小心了，相信我，只有一个词可以形容他——"

凯米森医生说出了那个词。

"你的用词太克制了。"奈杰尔说。

第四章

7月17日 晚上 8:55—10:30

> 一个叫品契的,面黄肌瘦,形如枯骨似的恶棍。
>
> ——莎士比亚《错误的喜剧》

"你真的喜欢在地板上喝咖啡吗?"苏菲·凯米森问,"你旁边有张小桌子。"

奈杰尔从地板上拿起杯子,放在了大腿上。他坐在扶手椅上,背靠着一只扶手,两腿搭在另一只扶手上。他旁边的地毯上散落着烟灰。苏菲看了一眼,叹了口气,半是为难,半是无奈。奈杰尔可真是邋遢。

把烟灰缸放在房子里每一个引人注意的地方，又有什么用呢？他还不是一样看不见。真是奇怪，在晚上吃饭前听了赫伯特告诉她的那些事之后，她居然还能为这样可笑的小事而大惊小怪。尤斯塔斯·班尼特死了，可她居然还在这里为烟灰而烦恼。尘归尘，土归土。这真是太不可思议了。

"你在想什么？"奈杰尔问。

"我在想当这一切已经发生之后，我还在为你的烟灰烦恼，真是太蠢了。"

"烟灰？哦，对不起，真不好意思。看我把这里搞得一团糟，我真是太不爱干净了。"

奈杰尔一脸焦急，有点滑稽，就像一个快要哭出来的小男孩。他从椅子上翻过身来，差点打翻咖啡杯，然后从壁炉里拿出煤铲和刷子，开始打扫起来。苏菲一边织毛线，一边端详着他。他全神贯注地打扫着，笨拙的动作让她既感动又恼火。男人们沉浸在琐碎小事上时，是多么孩子气啊！真是难以想象这个红着脸、笨拙地拿着刷子和铲子费力打扫的人，竟然追查过谋杀犯，还写过有关诗人卡罗琳的书，并且娶了位非常了不起的女人。

"你为什么要做这种事呢？"她突然问。

"做什么？"奈杰尔说着，跪直了身体，疑惑地看了她一眼，"我毁了你漂亮的地毯，我至少得补偿一下吧。"

"我不是这个意思。"苏菲说。奈杰尔这句话暗示了她是一个过分注重家庭生活的女人，这让她有点恼火。"我是说，你为什么要参与破案呢？"

"有时候人就是会身不由己啊。"他轻松地说。

苏菲正在编织的手指停了一会儿，当它们又开始动起来时，已经不像是以往的机械动作了。奈杰尔想：就像是她向手指传送了一条信息——继续！织起来，我告诉你们，织起来！你们现在不能停下来！她说：

"但这只是有时吧。你一开始为什么会从事这行呢？"

"哦，就是想有点事情做。这似乎是唯一适合古典教育的职业。"

"你这是在取笑我吧？我可是很认真的。"

"我也很认真啊。如果你在年少的时候被迫做过拉丁语的即兴翻译，你就知道这跟刑事侦查有着高度的相似性。你会遇到充满倒装的长句子，乍一看上去就是一堆杂乱无章的单词而已，刑事案件乍一看上去也是这样。句子的主语是被谋杀的人，动词是作案手法，而宾语就是作案动机，这是每个句子和每个案件的三大基本要素。首先，你要先找到主语，然后找到动词，这两者会引导你找到宾语。但这时你还没找到罪犯，也就是整个句子的含义。还有若干从句，这些可能是线索或是转移注意力的东西。你得在脑海中把它们一一区分开来，再重组在一起，进而详述整句话的含义。这叫分析和综合训练，是培养侦探的最佳训练方法。"

"但是，说真的，"苏菲不堪重负，惊叹道，"这听起来太枯燥，太冷血了。你完全忽略了人的因素。"

"哦，我没有，"奈杰尔武断地说，"当然，这只是个类比，没有哪个类比在任何一点上都是正确的。还是回到古典教育上来，你在学习用某些作家的风格写拉丁文和希腊文时，学到的第一件事就是，最好的作家总是会不断地打破语法书上的规则，每个人都有自己的特点。这同样适用于罪犯，尤其是谋杀犯。要写好一篇拉丁或希腊语文章，需要的不是浅薄的模仿能力，而是需要深入地剖析范文。你得要试着像修昔底德[①]、李维[②]、西塞罗[③]、索福克勒斯[④]或维吉尔[⑤]那样思考和感受。同样，如果侦探想要成功地再现犯罪过程，就要深入地剖析罪犯的性格。"

凯米森太太吃惊地看着自己的客人，他真的相信这些荒谬的想法吗？还是——她现在才意识到，他不停地说这些只是为了让她不去想那些事，不去想煮沸锅里只剩下尤斯塔斯·班尼特的尸骨和头发的恐怖景象。他知道那景象一直萦绕在她脑海中吗？好吧，他让她暂时忘记了那件事，她应该感激他。但是，他是否也会想到一件比这可怕得多的事情呢？那件事她至今都不敢再想，她拼命地排斥，紧闭双眼，看都不想再看一眼那可怕的样子。突然，她对奈杰尔感到害怕。她真希望赫伯特在这里，但他晚饭吃到一半就被叫走出诊去了。

"你经常织毛衣，是吗？"奈杰尔说，"你一定有很多侄子和侄女。"

[①] 古希腊历史学家。

[②] 罗马历史学家。

[③] 古罗马政治家，著作家。

[④] 古希腊悲剧诗人。

[⑤] 古罗马诗人。

"是的。"苏菲说。她错误地以为奈杰尔话里有话，于是回答道："赫伯特和我决定不要孩子，直到——直到我们的生活更稳定些。"

"你们结婚多久了？"

"将近三年了。赫伯特在这里成为合伙人之后，我们就结婚了。"

"我觉得你会是一位很好的母亲。"

苏菲觉得她再也无法忍受这样的谈话了，她随时会哭出来。为了掩盖自己的软弱，她竭力地说：

"我不明白你为什么要追捕罪犯，你肯定不喜欢。你不需要靠此谋生。你相信正义之类的东西吗？"

奈杰尔盯着自己的鼻子，心想：怎么回事？她为什么要这样咄咄逼人？她到底要对我或者她自己隐瞒什么？他对苏菲说：

"我不相信理论上的正义。因为有些罪行是正当的，而有些行为却是有罪的。可以这么说，我做刑侦是因为刑事调查给了我独一无二的机会，可以让我研究赤裸裸的人。涉案人员尤其是涉及谋杀案的人总是处于警觉状态，处处防备，他们想要掩盖自己思想的一部分，就一定会暴露出其他部分。即便是正常人也会表现得极不正常。"

"听起来你真是没人性。"苏菲颤抖着声音说。

"不。有好奇心而已，不是没人性。我的好奇心是经过训练的、科学的好奇心。对不起，我这样说让你心烦了，我真不是怪物。说老实话，我已下定决心不管班尼特的事了。我觉得不管是谁杀了他，都有充分的理由。"

"也许你说得对，"一个低沉的声音从奈杰尔身后传来，"但我觉得还是不要太早说要放弃这个案子。"

不知什么时候,凯米森医生进来了。他棱角分明的脸、黑色的下颚、黝黑的肤色和深棕色的眼睛,再加上他一言不发关上门向他们走来时低调、克制的动作,让奈杰尔想起了黑豹。他炯炯有神地看着奈杰尔。

"唉,"奈杰尔说,"你真是变化无常。今天早上你还让我不要管松露的案子,可是现在——好吧,塔西佗[①]曾说过,Supervacuus inter sanos medicus,这句话可以粗略地翻译成——'医生和健全的人在一起时,他比平时更空虚。'"

"这个翻译很难用'粗略'这个词形容,"凯米森医生说着,突然罕见地咧嘴一笑,露出洁白的牙齿,"松露的死是一回事,班尼特的死是另一回事。"

"虽然表达得很简练,但是很恰当。"

"你知道的,有很多人都想看到尤斯塔斯·班尼特得到清算——我为我用词的准确性道歉。"

"那又怎样?"

"所以——"

"赫伯特!"

苏菲痛苦的声音让奈杰尔吃了一惊,有那么一会儿,他觉得自己要喘不过气来,就连赫伯特都慌乱起来,他疑惑地看着自己的妻子。

[①] 克劳狄·塔西佗(Claudius Tacitus, 200年—276年),罗马皇帝,275年9月25日至276年6月在位。

"没关系的，亲爱的，"他缓缓地说，"但是——"

"你们两个，听着，"奈杰尔恢复了常态，"我不想干涉你们的私事。但是从我到这里的那一刻起，我就感觉到苏菲心里藏着什么事，与尤斯塔斯·班尼特有关的事。"

"我不明白你为什么会那样想。"她急忙插嘴道。

"只要提起他的名字，你就努力地想要表现得正常一点。可是一个模仿者无法成功模仿正常状态下的自我。"

"这些都说得太抽像了。"凯米森医生说，"没用了，苏菲，我们得告诉他，说不定我们不久就需要他的帮助。"

"他的帮助？"苏菲豁然开朗。她紧紧地抓住椅子的扶手，只有这样她的手才不会颤抖。赫伯特站在椅子后面，俯过身去，双手放在她的肩膀上，带着一些老学究的口吻说起话来：

"我跟班尼特之间有好多纠葛，各种纠葛。我们来到这里不久，他就想找我看病，这太让人尴尬了，因为当时安内利是他的医生。你也知道吧，医学界的规矩是未经许可，医生不能给另一个医生的病人治病，我当然也告诉他这些了。可他说安内利是个，呃，他对安内利不满意，如果我不接他这个病人的话就太傻了。他还说他会给跟别人一样多的钱，诸如此类的话。我告诉他，可能当时语气比较生硬，我说我们不能那样做。这么多年来，他一定是第一次遭到了拒绝，于是非常生气，大骂了一顿。我以为这件事就这样结束了，谁知道之后我听说他和安内利大吵了一架，再也不跟他来往了。然后他又来找我了，安内利对此很宽宏大量，于是我就接受了他成为我的病人。他以为自己得了胃溃疡或腹膜炎之类的病，经常惶恐不安。但是，他并没得那样的病，我就让他调节饮食，毫无疑问，这些也是安内利推荐的饮食，他很快就康复了。不幸的是，他开始和我们亲近起来，总是邀请我们去吃饭，还送来很多箱酒等等。我个人是无法忍受这个家伙的，后来又听到一些酒厂的事情，就更不喜欢他了。我百思不得其解，不知他为什么要这样讨好我们，后来就真相大白了。他，嗯——"

"他开始对我放肆起来，"苏菲说，"可怕的卑鄙小人！可这也太可笑了，我忍不住取笑他。"

"可班尼特不是那种喜欢开玩笑的人，是吧？"奈杰尔说。

赫伯特严肃地看着他。"是啊，他不是。我不妨告诉你，我认为，无论是谁废了他，政府都应该奖励他一辈子的免费啤酒。他就是最坏的反社会害虫，正派的社会应该把他关进监狱——他这种类型的人根本不应该在正常运转的社会中存在。但是，这不是重点。他，嗯，对苏菲的冒犯不是最重要的，如果较之——"

苏菲咯咯地笑了起来，刹那间，她几乎又恢复了原来的平静。"亲爱的，"她按住丈夫的手说，"很抱歉我的荣誉在你的价值观中排序如此之低。"

"我想，你的荣誉无懈可击。"他一本正经地回答，"但是啤酒厂的员工就没那么坚不可摧了。总之，过了一段时间，班尼特放过了苏菲，至少暂时如此。就在那时，我开始了解啤酒厂的事情。我有一些病人在那里工作，所以我知道那里有太多的事故和职业病病例。我是不该听八卦，但另一方面，我觉得一名医生应该关心一下社会现状，应该不仅喜欢治病，还应该对预防疾病感兴趣。"

"听听！"奈杰尔说，"这些古老的信仰多令人钦佩啊！"

"先听听我耳闻的事情吧。"凯米森医生全神贯注地继续说道，像是在给一群站在手术台前的学生上课，"我听说班尼特总是倾向于雇佣已婚男士，这样他就能更好地控制他们。我印象中，他的员工总是很怕他。他总是会在不同的地方出现，在他们工作时默默地站在他们身后。有个工人告诉我，这让他们很紧张，一慌乱就出错了。之后，班尼特就随意处置他们了。"

"是的，索恩今天下午告诉我件事，真的有人吓病了——他叫什么来着？艾德·帕森斯。"

"对。不过艾德·帕森斯的事情比你知道的要复杂得多。那些不过是几个实例罢了，我听到的远不止这些。当然，有些人就喜欢抱怨，而且我听到的有一些肯定是夸大了的，但肯定不是每次都无凭无据。在我看来，有一次情况真的很严重。当时我被叫去照料一个卡车司机，他在镇外的蜂巢山发生了严重的撞车事故。从后来法院提供的证据看，事故原因是司机疲劳过度，超负荷工作，以至于开车时精疲力竭，睡着了。因为是班尼特的员工，只判了最低限度的罚款。可他却因此解雇了司机。诸如此类的事时有发生，当然，这对雇主来说是划算的，他们从节省时间和劳力上获得的收益，要比偶尔缴纳罚款所受到的损失还要多。实际上，这种不公平的事并没有促使我插手啤酒厂。但是后来，我听说那个可怜的司机在这场事故后就精神失常了，总是反复说：'我做不到！主啊，我困了！这是血腥的谋杀！我做不到！老板会开除我的！这是谋杀，就是这样！我困了！主啊，我困了！'这之后，我就决定要管一管了。"

"作为医生，我已经很坚强了，奈杰尔，但这件事让我有点崩溃。我试着忘记，但却不能，这件事让我忍无可忍。我去见乔——你知道的，他是尤斯塔斯的弟弟，负责运输业务。我告诉他，他这样做相当于是谋杀，他对此完全接受，之后我们就成了朋友。他说他跟他哥哥反复强调，如果让司机超负荷运输的话就是自找麻烦，但却没有任何作用。可怜的乔是个好人，但总是受尤斯塔斯的控制。不过，这一次乔想，如果能有医生的证明（不会显示我的名字）支持他，也许就能影响到尤斯塔斯。我想既然这样，干脆一不做二不休。于是，我让乔带我到酒厂去看看，我想知道人们对那里的条件夸大其词到什么程度。相信我，事实并没有夸大其词，我从卫生的角度把那个地方彻底检查了一遍，我就不细说了，总之，那里的通风系统糟糕透了。而且，即使不是技术专家，也能看出机器设备几乎已经磨损殆尽，非常危险。班尼特就是那种不仅要榨干员工，还要榨干机器的老板。"

"但肯定会有政府检查员——"

"小奈杰尔啊，上有政策下有对策啊。表面文章加上贿赂，双管齐下，就能创造奇迹。我毫不怀疑，尤斯塔斯很擅长这样做。我给乔发了一份详细的报告，评估了啤酒厂的生产条件及其对工人健康的影响，还提及了卡车调度的安排。他和我一样渴望全面改善条件，拿着报告就去跟他哥哥交涉去了。可是，第二天我收到了要我去啤酒厂见尤斯塔斯的通知。当时，尤斯塔斯坐在会议室里长桌的一端，正在抚平面前的吸墨纸。我一直以为那是张吸墨纸，直到他把它拎起来，用夹鼻眼镜敲了敲，说：'我猜这个——嗯——文件是你写的。'那是我的报告！这报告是打印版，而且没有署名，但他很快就猜到了。"

"当然，这之后我就惨了。他问我有什么权力干涉别人的事。我告诉他，每个公民都有责任来查看，确保他没有违反法律。他问我他违反了哪条法律。我引用了工厂法案的部分内容。然后他问我打算怎么做。于是我告诉他，除非他立刻进行整改，否则我会把事情闹大，到时候即便是他——万能的尤斯塔斯·班尼特，也得认输。他在那里坐了一会儿，手里摆弄着裁纸刀，不时地用他那蜥蜴般冰冷的小眼睛瞥我一眼。然后，出乎意料，他居然屈服了，说我不像是那种为了丰厚的报酬，就答应将来不再干涉的人——说到这里他意味深长地停顿了一下，但是我没有上钩。'很好，'他说，'你赢了，给我 6 个月的时间按你建议的进行整改，然后你就回来给我们洗白——哼哧——你知道他发出的那种声音吧。我指出，修订卡车运行时间表，并不需要 6 个月。他犹豫了片刻，最后还是答应马上处理这件事。他确实做到了。乔告诉我时间表更改了的时候，我觉得我真的让班尼特为难了，但是——"

"但是你发现了伟大的真理，"奈杰尔插嘴道，"老兵让步的时候就是最危险的时候，这是没有经验的士兵总要学习并付出代价的。"

"是的。我以为自己一个人就能搞定这件事，真是自作自受。6个月后的一天，班尼特让我去见他。我穿过啤酒厂走向他的私人办公室，环顾四周，根本不像是进行过改造的样子。所以你可以想象，我到他那儿时脾气不会太好的。班尼特坐在办公桌前，朝我噘着肥肥的小嘴巴，搓着手，发出的声音就好像蜥蜴的尾巴滑过石墙一样。'啊，医生，'他马上进入了主题，'如果我没记错的话，你上次来的时候说每个公民都有责任来查看，确保没有违反法律的事。凯米森医生，就像我上次预言的那样，我敢肯定你现在可以想办法还我们清白了。'直到那时我还不知道他想说什么。接着，他往椅子上一靠，说：'凯特·阿尔佩斯。'然后我就知道我完了。"

"凯特·阿尔佩斯？"奈杰尔困惑地问。

"她是我的妹妹。"苏菲说，"我们来这里之前，住在中部地区。她有了情人，怀孕了，请求赫伯特给她做了流产手术。"

赫伯特说："一般来说，我不赞成堕胎，但我碰巧发现凯特情人的家族里有精神病，于是我就给她做了流产。可你知道的，这是刑事犯罪，一旦被发现就得进监狱。"

"尤斯塔斯·班尼特发现了？"奈杰尔问。

"是的。他肯定是用我给他整改的6个月的时间，来打听我的事，无疑是雇了非法私人侦探。这件事让你了解班尼特是什么人了吧？天知道他的私人侦探是怎么发现这件事的。不管怎么说，这无关紧要。重点是，如果班尼特违反了法律，那我也一样。"

"貌似是个僵局。"奈杰尔说。

"比僵局更糟。事情如果曝光，他最多面临巨额罚款，而我的整个事业都要毁了。他的确处于有利地位。一般来说，我的自制力是很好的，但那次我失控了。我把我对他的看法一五一十全告诉了他。不幸的是，我还告诉他像他那样的人应该被清除掉。"

"不幸？"奈杰尔问，"你是说——"

"是的。"赫伯特说，"我之前忘记说了，班尼特喜欢在厂里安排一两个探子，这是他惯用的小伎俩。这在大型企业很常见，雇主花钱给几个员工，让他们给他汇报听到的不满或是罢工的谣言等等。我很害怕班尼特的探子偷听到了我发脾气。"

"看起来我最好还是留下来。"奈杰尔说。

"当然。"赫伯特冷冷地说，"除非你昨晚刚好在我卧室门外坐了一整夜。"

奈杰尔窘迫地瞪着他。

"否则就没有证据证明我昨晚没去啤酒厂杀班尼特了。"

"如果探长发现你跟班尼特有过争执就麻烦了。不过，肯定还有很多人有同样强烈的杀人动机。"

"我得说，你真会安慰人。"

"哦，别再像讨论象棋问题一样讨论这件事了！"苏菲惊叫道，"难道你不知道——"

"没关系。"她的丈夫温柔地说，"我什么都知道，别担心。顺便说一句，小奈杰尔，既然我已经受到了牵连，我就索性全都告诉你。自从那次与班尼特见过面之后，我和苏菲一直都过得惴惴不安。有一段时间，他什么都没做。但几个月前，他对苏菲又放肆起来。这无异于告诉她，如果她还不愿意提供点实惠的话，只要他想，就能毁了我的事业。我知道，这一切都像是篇廉价的小说，但事实就是这样。正如你在文学会上发现的，班尼特的文学品位并不出众。关键是苏菲把这些告诉我之后，我管它事业不事业的，就跑去见班尼特并警告他，我宁可看着他死，也不会让他做那种事的。"

"现在，你——嗯——真的看见他死了。"奈杰尔若有所思地说，"是的，现在的情况确实令人生畏，但是，鼓起勇气吧，我的朋友们。我这颗训练有素的大脑会好好利用其中的丰富资源来破案的。你来修复尸骨，赫伯特，我来设想犯罪经过。而你，苏菲，"他补充道，"你可以开始为自己的孩子织一柜子的衣服了。"

第五章

7月18日上午 9:15—11:00

守望的人啊,夜里如何?

——以赛亚书(圣经旧约)(第21章,11)

第二天凌晨2点17分,奈杰尔醒了,脑子里出现一个古怪而疯狂的想法。早饭后,他把赫伯特拉到一边,说:

"听着,我昨晚有个想法,那尸骨可能根本不是尤斯塔斯·班尼特。"

"嗯,虽然我们现在还不知道,但所有的证据都指向是他。如果煮沸锅里不是他的话,那班尼特在哪里呢?为什么不是他呢?"

"我只是觉得如果要除掉他的话,用这种精心设计的方式,有点太奇怪了,而且也没必要。我是说,为什么不直接杀了他,了结这件事呢?为什么要费事毁掉他的身份特征,却又留下他的衣服、手表、戒指以及他身上的其他东西呢?"

"这很容易解释,把尸体放在煮沸锅里,凶手就可以毁尸灭迹,让我们发现不了作案手法,或许死者是被钝器所伤。所有的中毒痕迹、勒痕,甚至是刀伤,都会被销毁。"

"哦,天啊!"奈杰尔叹息道,"这些午夜时分产生的灵感,在白天看起来真是荒诞。我怎么就没想到这些。"

"另外,"医生继续说,"如果尸体不是班尼特,却装扮得让我们相信这就是他——我有点表达不清了——那就能推断是班尼特杀了人。除非有第三方X,X杀了Y,然后说服班尼特和死者交换衣服。那么为什么X或者班尼特要这么做呢?"

"X可能也杀了班尼特。"

"你这是自找麻烦。"

"好吧,假设没有X,那班尼特就是凶手。"

"但是,我亲爱的奈杰尔,为什么?他什么要杀了某个人,然后把尸体装扮成自己的样子?"

"不知道!"

"我也这样想。但说真的,尤斯塔斯·班尼特是最不可能会谋杀的人。只有走投无路的人才会谋杀,这其中包括毫无预谋的谋杀。可是班尼特无论在他的事业上、人际关系上还是在整个小镇,都具有几乎无限的权力。只要他想，他就能得到他想要的，不用杀害任何人，那个卡车司机只是个意外。他唯一得不到的是苏菲，因为有我这个障碍。难道你会说在煮沸锅里的人其实是我吗？"

"好了，老伙计，好了，冷静！"奈杰尔安抚地笑了笑，露出有些变色的不整齐的牙齿，"其实，我一直对我午夜时产生的灵感不太自信，我只是好奇这在探长那里是否能说得通，假如他——"

"假如他开始找我麻烦？你可以试一试。但是——"

赫伯特扮了个鬼脸，做了个拇指向下的手势。"好了，"他说，"我得走了，再试着重组一下尸骨。追捕愉快！"

"重组愉快！"奈杰尔礼貌地回应。

半个小时后，奈杰尔向镇上的啤酒厂走去，他看见梅勒斯小姐大步流星地朝他走来。他偷偷地环顾了一下四周，看有没有什么商店的门可以让他躲进去，但是没有，旁边只有私人住宅。他怀揣着牧场居民的悲观宿命论定在原地，就像他们看见雷霆万钧的牛群飞奔而来，却无处可躲时的心情一样，只希望早死早脱身。梅勒斯小姐离他还有二十码[①]远，就举起手杖，抬起公牛般的头，大声喊道：

"嗬！斯特雷奇威先生！我有话跟你说。别走啊！"

奈杰尔不得已，只好和她握了手，可这一握差点把他的胳膊给拧了下来。

"我听说啤酒厂发生了意外，到底怎么回事，嗯？"

[①] 长度计量单位，1码约等于0.91米，下同。

"昨晚在那里发现了一具尸体,看起来很像是班尼特先生。"

这次交流产生了可怕的结果,梅勒斯小姐红润的大脸突然变得苍白起来,她抓住奈杰尔的手臂,声音沙哑,愚蠢地小声叫道:

"这太荒唐了。可是,他出去巡航了啊,在船上。"她不必要地补充了一句。

"不是乔。就我们目前所知,是尤斯塔斯·班尼特。"

梅勒斯小姐很快镇定下来。"我亲爱的朋友,"她用平常如扩音器般洪亮的声音劝诫道,"我亲爱的朋友,不管尸体是不是尤斯塔斯·班尼特,都没必要搞得这么神秘。"

"不是我要制造神秘感。神秘的是尸体——我是说,尸体根本不剩什么了。"

"得了吧!你不需要拐弯抹角的,我可不是什么都不懂的黄毛丫头。你是说,尸体被打得面目全非了。"梅勒斯小姐饶有兴致地说,"一个疯子的杰作,是吗?"

"不是打,"奈杰尔回答,对指责他说话拐弯抹角有点恼火,"是煮碎了,如果你真想知道的话。"

"是吗,这真是太有意思了。"她殷切地低声说道,"全都告诉我吧。"

奈杰尔简要而有所保留地给她大致讲了一下。"这可真是件可怕的事。"他总结道。

"可怕的事?别这么守旧,年轻人。那个班尼特是个流氓,这是他自找的。要不是他比我壮,我早就用马鞭抽他了。我就不讨论他的私生活了,"——可是梅勒斯小姐就这个话题,谈了足足有十分钟——

"而且除此之外,这个家伙还是个投毒者。"

"投毒者?"奈杰尔非常震惊,惊叫起来,"见鬼了,我真不敢相信。"

"年轻人,烈酒就是毒药。你可能没有意识到,但是——"梅勒斯小姐直言不讳地从生理学方面宣讲了酒精的影响。最后,她一边用手杖打着节拍,一边用忧郁而具有穿透力的声调背诵了下面这段话:

"哈!看那狂野的小酒馆,
当不幸的红色波浪涌起,
它在充满暴风雨的岁月里熊熊燃烧——
可怕的地狱灯塔!"

"好吧,"奈杰尔说,"也许你说得对。但是杀了一个古怪的啤酒厂老板,不会对酒精贸易有任何影响。也许乔会继续经营,而且——"

"他肯定不会的。只要我在这件事上有发言权,他就不会这样做。"

"你在这件事上有什么发言权?"奈杰尔鼓起勇气问。梅勒斯小姐脸红了,她迅速转换了话题:

"班尼特大半夜的在酒厂里做什么?他肯定又在四处窥探了,真是自作自受。要我说,应该待人宽容如待己。"她前后矛盾地补充了一句:"好了,再会!"

但这确实是个问题,奈杰尔一边走一边想。凶手是怎样把班尼特弄进啤酒厂的?这个答案很快就会浮出水面。奈杰尔在啤酒厂门口被一个警察给拦住了,报上名字后,对方告诉他,探长想要在班尼特先生的私人办公室见他。

"根据凯米森医生的建议,我昨晚联系了伦敦警察厅。约翰·斯特雷奇威爵士亲自为你做了担保,所以现在你参与这个案子是合规的了。"探长说。奈杰尔真希望他不要用这种虚伪的官腔说话。毫无疑问,这不过是要在他面前显摆自己受过高等教育而已。不管怎样,重要的是他现在拥有了官方的身份。

"好吧,现在情况怎样了?"他说。

"我们刚打开了班尼特先生的私人保险箱。先生,我们发现了这个,你可能会感兴趣。"探长递过来一张廉价的线纹信纸,上面用正楷写着:

亲爱的先生:

如果你想知道你的瓶装啤酒和糖到哪里去了,明晚12点左右到啤酒厂去问问守夜人。

一个好心人

"哦,"奈杰尔说,"原来是这件事让他去了啤酒厂,我刚刚还好奇呢。信封也在吗?"

"是的,先生。邮戳是韦斯顿普莱尔斯,那是15英里外的一个村庄。日期是7月15日晚上7点30分。"

"我认为写这封信的人就是凶手,这就意味着凶手对酒厂的运作相当熟悉。当然,没有这封信我们也知道。"

"正是这样,先生。"探长说话间带着洋洋自得的优越感,这让奈杰尔非常恼火。"但你忽略了一种可能性。这种可能性是什么呢？斯特雷奇威先生，这封信可能是封善意的匿名信，班尼特先生读了信可能就跑去啤酒厂，正好撞见守夜人在偷东西，于是就引起了争斗。在争斗中，那个名叫洛克的守夜人杀死了班尼特。为了掩盖罪证，他就把尸体扔进了煮沸锅。"

"嗯！"奈杰尔礼貌地说，"这个猜想当然也可以。但对我来说，它有两个非常明显的漏洞。"

"什么漏洞？"探长问道。他靠在椅子上，衣领后面露出一圈肥肉。

"首先，这个声称是好心人的人，写明了班尼特应该来啤酒厂的具体时间，这就暗示着他打算在那里等他。一封普通的匿名信没有必要写明确切的时间。因为如果守夜人是小偷，他在任何一个晚上都有可能偷窃。其次，如果守夜人杀了班尼特，他为什么不把尸体放在锅炉炉膛里？这样的话，班尼特就会消失，而且没有理由认为他当晚曾去过啤酒厂，这就可以完全掩盖他所有的犯罪证据——当然，守夜人不可能知道匿名信的事。"

"呀，如果每个罪犯都做了最理智的事，那警察局就可以停业了。不过，我还是认为你说得有些道理。先生，昨晚这个叫洛克的工人上岗前，我跟他谈了谈，发现了一两件有趣的事。首先，他是个新人，几个月前才接手工作。其次，他是按照时间表工作的。"

"时间表？"

"嗯，他要在晚上的规定时间巡视啤酒厂的每个地方，包括各种储藏室和流水线，其中一部分工作就是要确保温度正常，水龙头运转正常等等。他手腕上的皮套里有一只钟表，每晚要跟着广播对时。他有空的时候就坐在小房间里，墙上挂着时间表，上面写着巡视时间。斯特雷奇威先生，你知道这件事有多重要了吗？"

"哦，你的意思是，如果他的工作做得好，我们就会确切地知道晚上他在什么时间会出现在什么地点。"

"是也不是，先生，是也不是。我是这么看的，如果他按部就班地工作，他会在11点半到午夜之间，进行一次巡视。假如现场有第三者，那他为什么没有看见班尼特先生和凶手呢？他至少应该听到扭打之类的声音吧。"

"这我就不知道了，但是别忘了，啤酒厂可不小。还有，如果班尼特想抓住守夜人小偷小摸的话，那他会尽量小心，不让人看见或听到的。至于凶手，他在干他的肮脏勾当的时候，同样也会小心翼翼，而此时，洛克可能正在啤酒厂的另一部分巡视。在我看来，这只能说明凶手对啤酒厂的运作非常了解，从而缩小可能的嫌疑人的范围。"

"这只是推论，先生，只是推论，请原谅我这么说。可我想要的是事实。"

"当然，我们都一样。你拿到时间表了吗？"

探长把时间表递给他，然后让门口的警察请巴恩斯先生过来。奈杰尔拿起时间表，如果匿名信真的是凶手计划的一部分，那关键时间一定是在午夜前后，如果留出充裕的时间，那就是在11点半到12点半之间。他注意到，守夜人在午夜时结束了巡查，那么班尼特要过了12点才能发现他偷喝瓶装啤酒。因此，如果是守夜人杀了他，假设他在工作期间没有偷喝啤酒,那凶杀肯定发生在午夜后不久。如果凶手不是守夜人,那凶杀同样可能发生在这个时间。因为当洛克巡查时,凶手攻击班尼特的可能性,要远远低于当洛克回到小房间时。然而,就像探长说的,这些都是推论而已。奈杰尔匆匆留了时间表的备份,正要交还时,首席酿酒师进来了。

"这个叫洛克的人,"探长开门见山道,"你说他完全可信?"

"对,他是个老军人。来我们这里之前在洛克斯比工作。"

"最近,瓶装啤酒或糖之类的东西,有没有少量失窃?"

巴恩斯先生扬起两道浓眉,忧郁的脸上显出一种几乎可以说是生气勃勃的样子。

"真奇怪,你会说这个。大约三周前,我们检查的时候,发现一袋糖和几箱低度啤酒不见了。你是怎么知道这件事的?"

"收到点消息。"探长简短地回答,"为什么当时不通知我们?"

"这就要问我们老板了,伙计。我觉得他是想自己调查一下。'巴恩斯,'他对我说,'巴恩斯,当地警察可不怎么样,'他说,'如果我们想找到是谁偷了这些东西,就得自己调查。'他是这么说的。"

"好吧,接着说,"探长有点恼火地说,"不过我可没太多时间听你讲回忆录。"

"因此老板就设了个小陷阱。"巴恩斯不慌不忙地继续,"整整一个星期,每天早晚都会检查储藏室,所以如果洛克偷了什么,我们肯定会发现的,但这之后就没有再丢东西了。请注意,我是不反对洛克心情不好的时候,晚上喝杯啤酒的,但是老板就很介意了。不久,他的狗就掉到煮沸锅里去了,他为此大发雷霆,失窃的事情就不了了之了。"

"那么,到底是谁把松露扔到煮沸锅里了?"奈杰尔温和地问,"既然它的主人——呃——已经以同样的方式归西了,那就没有必要再隐瞒下去了。"

"那样的话,问这个问题似乎也没有意义了。"巴恩斯回答,异常精明地瞥了奈杰尔一眼,"要我说,过去的就让它过去吧,既往不咎。先生,即便我想说,也不能告诉你。老板调查了一番,把案发地翻了个底朝天,但是没有任何结果。每个人都能证明他们当时在工作,除了会计办公室的工作人员,还有我和乔先生。"

"办公室的工作人员是?"

"莉莉,她是我的女儿,也是班尼特的秘书,还有几个职员。"

"嗯,我得找个时间和他们聊聊。"

"好了,先生们,如果你们问完了,那我就告辞了,生产不能停。再见。"巴恩斯朝他们扬了扬眉毛就离开了。

这场谈话并没有改善泰勒探长的脾气。守夜人走进房间时,探长严厉地说:

"那么,洛克,我听说你在啤酒厂偷东西,这是怎么回事?"

"先生,我不知道你都听到了什么,但这肯定不是真的。"

"晚上从来没有偷喝过啤酒,呃?周围都是啤酒,一定很诱人吧。"

"对我来说不诱人,先生。自从我退役后,就滴酒不沾了。我可以证明,先生。"

探长靠在椅子上,用手指拨弄着那封匿名信。他说:

"有了啤酒可以做很多其他的事,不一定非要喝,糖也一样。你做了什么?把它们卖给了朋友?"

"没有,先生。不知道你想把什么罪名加在我身上,除非是上月底发生的盗窃案。"

洛克笔直地立正着,身材魁梧,头发花白,坚定的眼角布满皱纹。

"对此你有什么要说的?"探长问,把匿名信推到桌子的另一边。洛克迈着利落的、军人般的步伐走上前,"咔哒"一声,并拢了脚后跟,拿起了信。

"我不明白为什么会有这样的信,先生。干我这种工作的,不值得为了点蝇头小利去做这种事。要干看守工作,就得要正直。你问问我以前待的军队,或者我就职的前一个公司洛克斯比,他们会证明我是清白的。"

"嗯,是有这个可能。现在你仍然坚称,前天晚上午夜时分,你进行了巡查,但没有看见或听见任何可疑的事情?"

"是的,先生。"

"这里发生了谋杀案,你却对此一无所知,你不觉得奇怪吗?你完全不知这是怎么发生的吗?"

"不知道,先生。"

"你不问为什么,也什么都不做,呃,但死的是班尼特先生啊,是吗?"奈杰尔友好地说,"探长,我倾向于相信他。洛克先生,你介意我看看你的手吗?"

探长微微一惊,说道:

"你这是搞什么？看手相吗？可真是新奇。"

"我感兴趣的不是手掌，而是手背。"

"不介意，先生。"洛克说着，伸出他的双手。

奈杰尔仔细地看了看，又拉起袖子，研究了一下那人的手腕，然后坐回椅子。

"好了，"他说，"就我而言，检阅结束了。洛克先生可以回去睡觉了。"

"手有什么奇怪的？"洛克敏捷地转过身，大步走出房间时，探长疑惑地说。

"你认为班尼特可能正好撞见洛克偷窃，于是发生了争斗，班尼特被杀或受了伤，洛克就把他扔进了煮沸锅。好吧，现在看来，如果洛克用刀刺了他，那么肯定会在现场发现血迹或是清理的痕迹，对吧？"

"对的，先生。可是我们昨晚仔细搜查了啤酒厂，没有发现任何打斗的迹象。但是——"

"如果洛克或其他人用钝器击打了他的头，凯米森第一次检查的时候就会发现相关的痕迹。如果他勒死了班尼特，那他的手背上会有抓痕，脸上可能也会有，但洛克手背上却什么都没有。唯一的另一种可能性是他用拳头把他打晕了。我认为，如果洛克只是打伤了他，他根本不可能会接着杀了他。毕竟，事情还没严重到要杀人灭口的程度。"

"都是'如果'，先生，我认为你并没有证明什么。"

"可能不是你想要的证据，但所有这些相对来讲，都不重要。你知道军队里最严重的罪行是什么吧？"

"哎呀，我想——"

"袭击上司。受了这么多年的规矩和传统的约束，我敢说，洛克无论是身体上还是精神上，都不可能攻击班尼特。如果他被抓到偷喝啤酒，那他当即的反应是立正站好。而且，他显然是个诚实的、值得信赖的人。我相信，你会发现很多人有更好的动机要除掉班尼特。"

"也许你说得对。"探长摸着下巴说。

奈杰尔说得多正确，尤其是他最后那句话，很快就会得以证明，比他和探长想象的还要快。

第六章

7月18日 下午1:30—4:35

　　我们找几个遗产管理人,商议一下遗嘱吧。

　　　　　　　　——莎士比亚《查理二世》

　　赫伯特、苏菲和奈杰尔正在共进午餐——更确切地说,苏菲和奈杰尔在吃饭,医生却专注地切着鸡肉,一脸阴郁,好像是在切阑尾的手术中,预料到可能会发生并发症。吃剩的鸡肉撤回厨房后,赫伯特又从容地吃了些土豆、沙拉、咸黄油,喝了一杯水,差点没把奈杰尔逼疯。这时,他才开口:

"我和菲尔斯顿一直在研究尸骨。"

"希望你们研究得愉快。"奈杰尔礼貌地说,"那么这些骨头能活过来吗?叫到他们的名字时,他们能坐起来回应吗?"

"当然可以,斯特雷奇威。在一定程度上,他们会的。我们确定那就是班尼特。"

"哦,赫伯特。"苏菲不再试图掩饰心中的恐惧。她看起来年轻而脆弱,戴着滑稽的角质眼镜,气色稚嫩清新,奈杰尔觉得她就像个15岁的女孩。

"别担心,苏菲。我没有杀他,而且人们被误判谋杀罪的比例非常低。"

凯米森医生开始谈论他们的下一个假期,苏菲也热切地谈论起来。午餐时间不知不觉地过去了。午饭后,奈杰尔把医生拉到旁边,询问细节。

"头骨上没有暴力痕迹,其他骨头也没有折断。尸骨与班尼特的身高相当吻合,都是5英尺7英寸[①]。当然,重组尸骨肯定会有一定误差。"

"误差会有多少?"

"最多几英寸。像我之前说的,头发的颜色和班尼特的一样。特里普还在研究牙托,但他很肯定那就是之前他给班尼特做的那套。菲尔斯顿同意我的观点,我们有足够的数据可以推测死亡了。还有,我给泰勒打了电话,把我们的结论告诉了他。他3点要去审问班尼特的

---

① 长度计量单位,1英寸约等于2.54厘米,下同。

律师格里姆肖,问他遗嘱的事情。如果你愿意,他同意你跟他一起去。"

"嗯,我想知道……那个人似乎变得有礼貌了。我不确定我是否更喜欢他现在这样。"

"泰勒?他不过是欺软怕硬,趋炎附势而已。他这样对你,都是因为你叔叔。"

"天啊,天啊!我还以为是因为我比较能干呢。说到这个,顺便问一句,你对我们那位梅勒斯小姐有什么看法?"

"你想知道什么?"

"比如,她到底有多热衷于禁酒?泰然处之还是十分狂热?她和乔·班尼特之间有什么关系,或者过去有什么关系?你觉得她会是凶手吗?"

"亲爱的奈杰尔!"赫伯特这次显得很吃惊,"你这想法太让人震惊了!阿丽雅德妮·梅勒斯是凶手!别胡说了!"

"什么梅勒斯?"

"阿丽雅德妮。可以简称艾迪。"

"阿丽雅德妮[1]?饶了我吧!这个神话里的公主可是把酒神巴库斯都甩在一边了呢。好了,回到正题,她很热衷于禁酒吗?"

"不,"赫伯特小心翼翼地说,"我不该说这些的。但是比起信仰本身,她更热衷于组织活动。"

"就像主教——"

---

[1] 古希腊神话中,有个公主叫阿丽雅德妮。

"我对主教一无所知。"赫伯特的眼中闪烁着光芒。

"好吧,那么乔·班尼特呢?"

"乔?"

"是的,今天早上她说了一席话,让我觉得乔很听她的。"

"哦,我可不这么想,他们只是好朋友。你是想推断出他们是情侣关系吗?"

"也不是。谁比较了解他们?"

"我们来这里的时间也不长。你可以问问巴恩斯,不过苏菲也可能知道,乔有时候会对她敞开心扉,人们都会对苏菲吐露心事。"

"是的,我能想象得到。"

半小时后,奈杰尔和泰勒探长来到了格里姆肖先生的密室。"密室"似乎是唯一合理的词,因为律师的办公室很小,他那两条长腿伸开来就占据了大部分的空间。趁他们寒暄,奈杰尔饶有兴致地注视着格里姆肖先生:他说话时耳朵扭动着,让人注意到他耳朵里的姜黄色毛发;而且他每说一句话之前,都习惯咀嚼几下,似乎把句子嚼碎,听起来会更好似的。

"格里姆肖先生,我不会耽搁你太久的。"探长说,"处理这样的案件,必须要考虑动机问题。因此,我想了解一下班尼特先生的遗嘱。也许你能告诉我谁是主要受益人,先生。"

"嗯—姆—姆—呐,这件事无需犹豫。有时法律必须优先于律师。姆—呀,一般情况下我是不赞成这种古怪的做法的,但是,姆—呀,绝望的事件需要绝望的补救措施。"

格里姆肖似乎已经尽力了，他绝望地打开一份文件，发出尖锐的噼啪声，吓了奈杰尔一跳。他漫不经心地在上面敲了一下，有些厌恶地盯着它。

"姆—呀，作为一个普通人而不是律师，我先说明，我对遗嘱中的某些条款并不怎么满意。之前我曾壮着胆子，带着诚意，就这些问题对班尼特先生提出过异议。但你也知道，我的委托人是个很固执的人，习惯按自己的方式行事，所以我只好屈从于他的意愿。不过说真的（说到这里，他的耳朵剧烈地抖动起来），财产的分配真是太奇怪了，奇怪至极。是这样分配的，嗯—姆—呀—姆，尤斯塔斯·班尼特在啤酒厂的股份将会遗赠给他的兄弟，约瑟夫·班尼特，前提是立遗嘱人死时，他还未婚。至于尤斯塔斯·班尼特的私人财产，他只把年金100英镑还有一些小的遗产留给他的妻子艾米丽·罗丝·班尼特。剩下的遗产全部遗赠给安娜贝利·索恩夫人，前提是她不得再婚。"

"索恩！"奈杰尔和探长异口同声地叫了起来。

"正是这样。"格里姆肖咀嚼着，靠在椅子上盯着来客们，毫不掩饰自己的惊愕。

"我认为给班尼特太太的赡养费太少了，"他连忙补充道，"我这么说是出于我的个人身份，不是专业身份。但是我的委托人并不接受我的规劝，绝不接受。"

"这个索恩太太是谁？她住在这里吗？是加布里埃尔·索恩的亲戚吗？"奈杰尔问。

"姆—呀，她住在法国南部，我有她的地址。"格里姆肖递给探长一张纸条,"我的委托人坚称她是他的老朋友。据我所知,他把她的儿子招进啤酒厂工作,是为了还她人情。"

"哦,索恩先生就是她的儿子,是吧?"探长饶有兴致地说,"好,我们会弄清楚的。先生,你能告诉我索恩太太能从遗嘱中获得多少利益吗?"

"让我看看,我现在无法告诉你精确的数字。但我觉得,如果解决了其他的遗产问题,付掉遗产税等其他费用,索恩太太应该可以获得大约 50,000 英镑。"

"一笔可观的收入。"奈杰尔说,"那乔呢?"

"我已故的委托人持有啤酒厂的控股权,现在股权转移给了约瑟夫·班尼特。"

"现在约瑟夫是什么职务?"

"从薪水上看,他应该是管理交通和固定房屋的经理,而且还拥有公司的一部分股份。"

探长记下了第二遗产受赠人的姓名——首席酿酒师的名字就在其中,谢过格里姆肖就离开了。律师咕哝着,礼貌地跟他们道别。他们走到门口时,奈杰尔转身说道:

"对了,你知道尤斯塔斯为什么要加上附带条件,他弟弟未婚状态才能继承遗产吗?"

"从专业的角度来讲,我不知道,先生。但是,如果从我不带偏见的个人角度来说,我觉得是因为委托人太专制了。请注意,我并不是在断言什么。当年乔先生从战场上回来后,跟当地一位不知名的年轻女士产生了感情。就在那之后不久，我的委托人就在遗嘱中加上了这条附加条款。再说一次，我并没有断言，但你可能会觉得这样推断是对的。"

"那梅勒斯小姐对这些怎么看？"奈杰尔直白地问。格里姆肖的耳朵几乎转了一整圈。

"嗯—姆—呀—姆，"他不安地说，"真是的，亲爱的先生，我现在恐怕超出职权范围了。我真的不能承认——"

"好吧，那就算了。多谢，再见。"

"梅勒斯小姐是怎么回事？"他们到了外面，探长问道。

"和乔·班尼特是恋爱关系，或者曾经爱过。从今早的谈话，我得到两次暗示。我告诉她班尼特死了，她以为我说的是乔，差点晕了过去。她还说只要她说一个'不'字，乔就不会去经营啤酒厂。这就意味着，她在这件事上有发言权。"

探长苍白的圆脸上露出厌恶的表情。佘杰尔觉得，这表情就像是亲眼看见一碟牛奶变质了似的。

"先生，这就意味着，可能乔·班尼特的哥哥阻止了他和梅勒斯小姐的婚姻，于是梅勒斯小姐和乔合谋杀害了尤斯塔斯，解除了他们的婚姻障碍，同时为乔赢得啤酒厂的控股权。"

"人们总是说警察没有想象力，可我看，你的想象力就很丰富嘛。如果梅勒斯小姐和乔合谋杀害了尤斯塔斯，我告诉她班尼特的死讯时，她为什么差点晕倒呢？"

"别那么确定，斯特雷奇威先生。我会调查一下这件事的。"

"现在乔在公海上，是吧？"

"我还没联系上他，先生。"奈杰尔听到这个词，心里打了个寒颤。"但我可能随时会收到来自普尔汉普顿的消息。托沃西正四处调查案发当晚与班尼特有关人员的去向，但可能没什么用。通常那个时间，人们都上床睡觉了，这是最难反驳的不在场证明。"

"是的。"奈杰尔自言自语道，他想起赫伯特说过的话，"这也是最难证明的不在场证明。"

他们走在一条远离镇中心的狭窄小路上，街道两旁是简陋的房屋，每隔 50 码左右，这条路就会向不同的方向延伸开去。街上热得可怕，令人不快的是，路的尽头是个牲畜市场。奈杰尔思念起自己的公寓来，从他的公寓看出去，是一个虽然陈旧，却干净美丽的伦敦广场。就在恶臭越来越令人难以忍受时，他们看见一块空地，上面满是白色的围栏，探长在一座肮脏的红砖房子前停了下来。

"我们来这里干什么？"奈杰尔问，"我现在可不想买家畜。"

"也许你会冲动购物呢。"探长带着自鸣得意的神情，就像对着不太聪明的听众，开了一个他们听不懂的笑话一样。

"那好啊，到底是什么？"

"这是博尔斯特太太的家，"探长说道，然后咚咚地敲了敲门，"索恩先生借住在这里。"

"这里？加布里埃尔·索恩？天啊！为什么啊？原来他不仅是个超现实主义者，还是个下里巴人。"

门开了，博尔斯特太太应声出现。

"下午好，博尔斯特太太。你的房客在吗？我想和他谈谈。"

"索恩先生刚才出去了。周六下午他总是去散步,不过他随时会回来喝下午茶。"

"那我们就等等他吧。我们可以进去吗?"

"当然可以。请这边走,先生们。"

博尔斯特太太让他们进去,关上了身后的门。这条通道几乎漆黑一片,充满着难以描述的古怪臭味,像是腐烂的鱼发出来的。

"你们在客厅等吗?"她问。

"不,我们还是直接去索恩先生的房间吧。有一件事,博尔斯特太太,我正在调查班尼特先生谋杀案,作为例行公事,我们得查明周四晚上和班尼特有关的每个人的行踪。当晚索恩先生在聚会上待到11点15分左右,那他11点半回来了吗?"

"是的,先生。他是11点半回来的。那天晚上我们家的贝莎牙疼得厉害,我陪着她,都没睡着。她可真可怜。"

"他回来后,是你锁的门?"探长说,看起来有点不耐烦。

"不是,先生,都是他自己锁门。他总是深夜出去散步。我告诉过他很多次,深夜的空气对人和野兽都没好处,可他还是要那样做。这位先生的习惯可真古怪,不过他总是按时付房租。"

"他周四深夜出去散步了吗?"

"这我无法告诉你,我不确定。我和贝莎一直没睡着,她那天晚上真可怜。我觉得我听见他又下楼去了。他走得很轻,平常晚上出去时也这样,他不想把我们吵醒。索恩先生真是太体贴了。"

"确实。"探长热忱地说,"那么你并没有真的听到他出去了?"

"是的，先生，没有听到。哦，天！我忘记了，我一定是糊涂了。就在昨天晚上，我去给他送晚饭时，索恩先生对我说：'博尔斯特，'他一直这样称呼我，我总觉得这样不礼貌，但这年头你不能对房客挑三拣四的。'博尔斯特，'他说，'我希望我昨晚回来时没有吵醒你。'我告诉他因为贝莎牙疼得厉害，我们一直没有睡着。于是索恩先生说他那天晚上胃不舒服，于是下楼拿了本书，以防睡不着。所以我听到的一定是他去拿书的声音。"

"对的，毫无疑问就是这个。"探长嘀咕着，"好了，如果你能带我们到索恩先生的房间，我就不会再打扰你了。"

在加布里埃尔·索恩的房间里，最值得注意的是一种不同寻常的、混乱而急促的金属声，人们来到这里好像是走进了机械蚁穴一样。这确实是唯一值得注意的东西，因为房间比外面的过道更暗。

"那一定是部来自地狱的机器。"奈杰尔仿佛看透宿命般地说道，"索恩把它留在这里是为了炸毁罪证和侦探们，真是一了百了。"

博尔斯特太太拉开窗帘，说：

"索恩先生出门前一定是在写诗，他说在黑暗中更容易创作。"

"就像冲洗照片一样？有道理。"奈杰尔说。这时阳光倾泻而入，突如其来的强光晃得奈杰尔睁不开眼睛。

"呀，黑暗中可以干很多事情呢，对吧，斯特雷奇威先生？"探长意味深长地说。

"得了吧，探长！我们现在可不在吸烟室。"奈杰尔抗议道，缓缓睁开了眼睛，"我是说，在炸弹把我们炸飞之前，把它扔进水盆里难道不好吗？"

"炸弹！"探长大发雷霆，"炸弹！这跟炸弹有什么关系？你是被太阳晒晕了吗，先生？"

"哦，请原谅，是我错了。看来索恩不仅喜欢闻臭味，还喜欢时钟啊。我想看看这里有多少只钟表。"

奈杰尔在房间里走来走去，清点钟表的数量。"从左往右数，"他说，"有一座落地钟，布谷鸟钟，两个瑞士时钟。这两个钟非常奇特和罕见，一个是正在锤铁砧的侏儒，另一个是后轮在旋转的四轮马车；壁炉台上有一座大理石钟，旁边围着两个并不太努力的摔跤手；还有两只旅行时钟；墙上有只挂钟，镶着花纹，内部的钟摆悬在外面；还有一只钟表从红色毛绒布下面探出头来；另有一只盖着绿色的毛绒布。第十一只也是最后一只，是一个集钟表、日历和气压计于一体的东西——毫无疑问，它不仅能算命，还能告诉我们如何培育甜菜。所有这些钟表都是索恩先生的吗？"

"不是的，先生。"博尔斯特太太说，"这些是我家孩子爸爸的。"

"他是个收藏家吗？"

"不是，先生。孩子爸爸有虔诚的信仰，他以前认为基督会在去年4月3日的午夜再次降临，于是想准时一点，提前做好准备，然后就到拍卖行去买钟表。他把这些钟表都放在房间里，这样即便一两个时钟突然坏了，他还是会知道什么时候该做好准备迎接。但是基督再临没有发生，可他又不想扔掉这些。你们知道的，每天给钟表上发条已经成为习惯了。他因为这件事心灰意冷，不想住在这个房间了，于是我们就把房间租给了索恩先生。"

"我明白了。"奈杰尔说。

博尔斯特太太努力行了屈膝礼,离开了。奈杰尔在房间里踱来踱去。房间里的椅子和沙发千差万别,但看起来都不舒服。书橱里的书杂乱地堆放着:莎士比亚的戏剧紧挨着一本名为《如何培养自信》的书,旁边是《弗洛伊德引论》、埃拉·惠勒·威尔科克斯的全集、《骑行指导手册》《从搬火药的少年到海军上将》、司布真的布道、《杂交动物的看护》《神曲》《萨科与万泽蒂的书信集》以及《罗浮成功之路》。书橱里还有些画,这些画表现的是 18 世纪的求爱场面,那些金发碧眼的女郎们,或是半躺在古朴的长凳上,或是在大理石前摆好姿势,听那些头戴三角帽、脚踩马靴和身穿紧身裤的时髦年轻男子们讲话。其中一幅画的画框上挂着一条鲱鱼,另一个上面挂着一副背带,这让那些画不那么枯燥无味了。

"我说,"奈杰尔惊叹道,"这个叫索恩的家伙可真是始终如一啊,让人佩服。外面的牛在哞哞叫,里面的钟滴答响,还有这些书啊画的,他可真是创造了一个完美的超现实主义环境。"

"我会把他变成超现实主义者的。"探长咆哮道,"他周四晚上去哪里散步了?还跟博尔斯特太太说什么去拿书了!"

"你有没有注意到,这个时间——"

奈杰尔的声音被一阵地狱般的喧嚣声淹没了,金属般的滴答声渐渐消失了:一只布谷鸟叫着从布谷鸟钟里飞出来,活像猫头鹰在绞刑架上啼叫;接着是一阵呼哧呼哧、隆隆作响的撞击声,其余十只钟表都清了清喉咙,准备敲四下。

"哎呀,"奈杰尔喊道,"还好基督再临没有发生,否则博尔斯特神父得需要多么灵敏的耳朵,才能在这种喧哗中听到审判日的号声啊。"喧闹声逐渐平息,门开了,加布里埃尔·索恩走了进来。他一看见他们,那张松弛无力的嘴巴,就不由自主地噘了起来,整张脸也板了起来。奈杰尔打了个响指,他终于发现索恩长得像谁了。

"探长,在这样一个晴朗的下午,看见你们在我房间里真是太让我吃惊了。"索恩以一种极其轻浮的口吻说,"我可以坐下来吗?你是想让我迎着光还是怎样?"

探长对这一切置之不理。他那苍白的大脸露在制服外面,像一条巨大的鳐鱼,奈杰尔想。

"先生,我要问你几个问题。首先,你知道已故的班尼特先生的遗嘱内容有多久了?"

"这个简单。我到现在都不知道。"

"那么,你不知道他把他的大部分财产,"探长停顿了一下,仔细观察着索恩,"留给了你的母亲,安娜贝利·索恩夫人?"

年轻人的脸上露出一种几乎是戏剧性的惊愕表情。

"我的母亲?"他惊讶地倒抽一口气,"但是,我是说,他为什么要这样做?"

"我正希望你能告诉我呢。"

"哦,我明白了。"索恩恢复了常态,"作案动机。但你不能把什么事都归咎于我母亲。你知道的,她现在在法国。或者,你觉得是我干的?

你一定认为是儿子为了帮寡母脱贫,杀了雇主。你可真是野蛮!"

索恩说话时带着浓浓的鼻音,这种鼻音曾经和清教徒联系在一起,但是经过某种奇怪的更迭,居然被赋予了美感。

"我们都会进行调查的。"探长对此无动于衷,就像卡森[①]对奥斯卡·王尔德极具讽刺性的俏皮话无感一样,"你能告诉我你和死者的关系吗,还有你们是怎么认识的?"

"他是我母亲的老朋友。我大学毕业后不久,他就提出让我到酒厂做学徒。我认为如果我做得好,他会让我成为合伙人。"

"明白了。薪水怎么样?"

"薪水不多,不过是零花钱而已。我母亲会稍微再补贴我一些。正像你暗示的那样,我有充分的动机杀害那个老恶棍。"

"这么说,你确实知道遗嘱的事?"

"不,我不知道,我可没这么说。如果你不能理解——"

"好了,索恩。"奈杰尔打断了他,"别嘲讽了。探长能理解事实,却理解不了修辞手法。"

"案发当晚你在哪里?"

"在床上。"

"这就有意思了。你的房东太太说,她听见你从聚会回来后不久,又蹑手蹑脚地下了楼。"

---

① 爱德华·卡森(Edward Carson,1854年2月9日—1935年10月22日),英国律师和政治家,是王尔德的同窗,但他不欣赏王尔德。

"哦，是的。"索恩说，语速有点快，"我下楼去拿本书。"

"什么书？"

"卡夫卡的《中国的长城》。"他脱口而出。

"那你怎么解释午夜后不久，有人在啤酒厂大门附近看见了你。"

奈杰尔突然坐直了身体。他之前可没听说——哦，不，探长不过是虚晃一枪而已，这样做可不厚道。如果索恩对此小题大做闹起来，探长就说是认错人就可以了，但他不用这么做了，因为索恩不再像刚才那样虚张声势了：他没有勇气继续欺骗下去了，他的嘴巴抽搐着，嘴角湿润了。

"我不——我觉得只要我想，什么时候都可以出去散步。"

"选这个时间出去散步真奇怪，是吧？"

"我的好探长，诗人都有奇怪的习惯。"

"比如——在黑暗中做些什么事，嗯？"

"是啊，如果你愿意的话。"索恩发现了这个双关语，"当时我不在啤酒厂，我与此事无关。你怎么敢这样诋毁我！"他的鼻音变成了阴沉的假声。奈杰尔听了觉得好尴尬。

"到目前为止，还没有人指控你。"探长说，"但你为什么要骗博尔斯特太太说你下楼拿书？"

"如果你一定要知道的话，因为我们在煮沸锅里发现班尼特的时候，他们说他是在前一天晚上遇害的，我就知道你会来问我当晚去了哪里。"

"我认为，"奈杰尔极为冷静地指出，"这其实对索恩先生有利。如果他是凶手，就会尽快建立不在场证明。但是博尔斯特太太说，他是直到晚饭后才这么做的。"

"嗯,是有这个可能。但是——"

"别说了!"索恩喊道,"请你别说了好吗!我说了不是我干的!你们把我当作显微镜下的东西来讨论!你不明白吗——太愚蠢了,我是说——我不可能——这种事情不可能发生在我身上!现在你让我觉得很不舒服,我头疼,希望你们离开。"他可笑地抽着鼻子补充道。

"请克制一下,先生。请你告诉我,你去散步的确切地点和大致时间,好吗?"

问出这些话真的是大费周章。索恩声称,他在 11 点 30 分到 11 点 45 分之间又出去了一次,沿着朗阿克路走,穿过小镇南端的铁路桥,然后右拐,来到蜂巢公园的郊野,后来下了蜂巢山又回到了小镇。他估计自己大约 12 点 40 分经过了啤酒厂大门。

"根据你的陈述,你没有进入啤酒厂?"

"当然没有。你还要我说多少次——如果——"

"你没有看到或听到什么可疑的事情吗?厂里有灯光吗?"

"没有。除非你认为骑摩托车的人可疑。"

"哦,天啊,天啊,"奈杰尔想,"不管是有罪还是无罪,这个小傻瓜现在终于聪明起来了。"他带着沉闷而明显的和蔼态度,好像在对一个误入歧途的驾驶员说:"哦,你当时的车速是一小时 25 英里?"探长接着问:

"骑摩托车的人?你是在哪儿看见他的?"

"当我走到——哦,经过啤酒厂大约 50 码远的地方,我听到身后某个地方有摩托车发动的声音，向相反的方向开走了。"

"这个骑摩托的人是从啤酒厂出来的吗？"

"我不知道他从哪里来，甚至不知道他是男人还是女人，天太黑了。他可能去过对面的房子，反正我进城的时候，他并没有从我旁边经过。真是奇怪，怎么有人看见我经过啤酒厂，却没有看见这个骑摩托的人。"索恩疑惑地补充道。

"太令人吃惊了，先生，非常令人吃惊。"探长挖苦地回答。

"我跟你讲——"加布里埃尔·索恩悲叹道。

"哦，算了吧！"奈杰尔不耐烦地说，"不管怎样，这很容易验证。我想问你一个问题，索恩。"

"你尽管问，我不介意。只是别再问我那个谋杀案是不是我干的。我不想再重复了，太烦了。"索恩这时有点像他以前的样子了。

"不，不是那个问题。我只是想问你，尤斯塔斯·班尼特是你的父亲这件事，你知道多久了？"

加布里埃尔·索恩的脑袋往后一仰，仿佛有个拳头对准了他。血液涌上了他的脸，他恶狠狠地扑向奈杰尔。探长费了好大劲才把他拖下来，推到椅子上。过了一会儿，他眼中的怒火消退了，他苦笑了一下，气喘吁吁地说：

"我道歉——这真的是本能反应——忠实的儿子要捍卫母亲的名誉——我要把这个污蔑我母亲的无赖揍扁。"

"这么说你是知道的？"奈杰尔温和地说。

"我不知道，只是怀疑而已。我发现自己和他有一定的相似之处，真是不幸。真的,太丢脸了。我以为没有人会注意这些。"

"只是有一点点像。一开始,我只是觉得你长得有点像我认识的某个人,直到我听说了遗嘱中的那项内容,我才把你们联想到一起。这样的话,遗赠就说得通了。"

"是的。但还有别的事,一件我现在无论如何也解释不了的事情。"加布里埃尔·索恩用一种他们之前从未听过的声音说。

"什么事?"

这个年轻人的声音几乎听不见了,他根本就没跟他们说话。

"我母亲为什么会——她怎么能跟尤斯塔斯那只猪在一起?"

第七章

7月18日 晚上 9:00—10:15

~~~~~~

这是福克斯的格言——我们尊敬的神父,

先生们——"总是怀疑每个人!"

——狄更斯《老古玩店》

"没想到我还能重新喜欢上啤酒。"托沃西警官说,"但是不试一下怎么能知道呢,对吧?"

赫伯特和奈杰尔对这一简洁的经验主义哲学观点表示赞赏,警官痛饮了一大口,把洒落在胡子上的酒水又弄回到酒杯里。现在是当晚

9点钟，警官似乎很享受工作之余的短暂休息，他敞开着领口坐在赫伯特最舒适的扶手椅上，旁边放着一品脱①啤酒。苏菲因为头疼得厉害，很早就上床睡觉了。

"医生，我来这里的部分原因是为了公事，真不该接受您这样的款待。"警官说，"不过，我从来也没有遵守过那些繁文缛节。"

他沉思着，又喝了一大口酒。

"我还以为你不会和嫌疑犯一起喝酒呢。"凯米森医生边说，边敏锐地注视着警官，"把我也列在嫌犯名单上了是吗，吉姆？"

"从某种意义上说，是的。我们都是老相识了，你知道我来是为了公事，我也知道你没犯罪，所以我说，为什么不能友好地喝一杯呢？把工作和消遣结合起来怎么样？"

"这个想法非常合理，构思和表达都很高尚。"奈杰尔说，"好吧，希望如此。"

"你看，医生，"托沃西解释着，"是这么回事。我本不想过来打扰你的，但是泰勒——他可真是个可怕的家伙，他从不尊重任何人。他听到些消息，就派我过来——这只是例行公事，先生。好吧，他想知道案发当晚你在哪里，真是个蠢货。"

托沃西警官终于把这句话说了出来，出了满头大汗。他如释重负地叹了口气，拿出了一块大小不亚于中号浴巾、红白相间的手帕擦了擦汗。

"前天晚上吗？"赫伯特说，"我们开了个派对。客人们11点半

---

① 容量单位，1品脱约等于570毫升，下同。

就都离开了,我和斯特雷奇威又喝了一杯。11点45分上床睡觉,后来就一直在床上待了整晚,但是没有证人。我和妻子睡在不同的房间,当时女仆估计已经在阁楼上打呼噜了。"

"这对我来说就够了,先生。"警官说着,举起手来做了个站岗执勤的手势,"你当时在床上,我们到此为止,管他探长不探长的。再次提醒你,先生,我不想来这里的,我是说不想为了公事来这里。都是因为泰勒,他太多疑了,给他一点机会,他甚至连坎特伯雷的大主教都会怀疑。"

"毕竟这是他的工作,不是吗?"赫伯特说。

"就算是为了工作,也没必要挑起事端。主要是泰勒太多疑了,他总是把人性看得很卑劣。"

"再来点啤酒?"

"谢谢,好啊……为了你的健康干杯,先生,也为了你的健康,先生。"

"你刚才说泰勒听到了什么特别的消息?"赫伯特穷追不舍。

托沃西警官显得十分尴尬,他摸了摸衬衣领子,换了换脚,做了几次深呼吸,然后脱口而出:

"都是那个讨厌鬼费瑟在搞事。"

"费瑟?你是说——"

"他在啤酒厂工作。今晚来警局说要汇报一些情况,这个狡猾的小——请原谅我这么说,先生们。要是他守在三柱门①,只要一个回合,

——————
① 板球运动中的球门。

我就能把他打得落花流水。就他那样子，能有什么情报？哈！"

"他说了什么？"

"说他不久前在啤酒厂听见你和班尼特先生吵架了。他说他听见你说，你不会让班尼特活着逍遥法外的。所以班尼特被杀后，他把这两件事联系在一起，就来找泰勒汇报了。这真是无稽之谈。我好不容易才控制住自己没揍这个小骗子。"

"不幸的是，吵架那部分是真的。我们因为啤酒厂的状况吵了一架，毫无疑问，班尼特安排他的这个密探在什么地方偷听来着。"

"真的吗，先生？这太糟糕了。对你来说，情况不妙。当然我很清楚不是你干的，但是泰勒这个家伙太多疑了。更糟糕的是，泰勒对我说，'凶手为什么要把尸体放在煮沸锅里？'他说，'是为了销毁犯罪证据。这就表明如果尸体没有被销毁，那么就会暴露凶手。那么谁能比医生更有可能用某种特殊的方式杀人呢，比如药物、毒药或手术刀。'请原谅，先生，但你看，情况就是这样。泰勒可太'聪明'了。"

"唉，"奈杰尔说，"恐怕是我让他产生了那个邪恶的想法。不过，还可以从另一个角度来看这个案子。按照时间表，守夜人要在11点50分到煮沸锅所在的平台巡视。凶手一定是在那里杀了班尼特，然后听见守夜人来了，或者知道他马上要来，情急之下就把尸体扔进了煮沸锅。"

"你的状态不太好啊，奈杰尔。漏洞太多了吧，比如，凶手一定对啤酒厂的操作和环境很熟悉，因此他一定会在守夜人不会出现的时间和地点行凶。"

"你说得对。"奈杰尔茫然地说,"让我困扰的是他为什么要把班尼特的尸体放在煮沸锅里。这要么是凶手计划的一部分,要么就是一时冲动。赫伯特,你的论点似乎排除了第二种情况。那么这为什么会是他计划的一部分呢?"

"把他扔进自己酿的酒里面,算是诗性正义①吧,先生?"托沃西说。

"诗性正义?我想到了加布里埃尔·索恩。这是有可能的。"

"只是一时的愤怒吧?"赫伯特提议。

"那这就意味着整个案件是无预谋的,但匿名信就与此矛盾了。"

"也不一定。"赫伯特说,"拥有某种性格特质的人,比如道德上比较懦弱的,敏感而神经质的,在受到第一次打击后,容易被激怒。这种人如果开车撞了猫,接着可能就会下车把猫打得稀烂。这么做是由于恐惧,不仅是恐惧还有施虐倾向。"

"是的,我们学校就有个这样的家伙。他很胆小、孤僻,经常受人欺负。有一天,一个男生又开始嘲笑他,谁知这个家伙转身朝他打了一拳,差点没把他的头打掉。我们三个人好不容易才把他拉开来,这家伙在监狱里呆了两星期。但我怀疑,这种人会主动出击,去谋杀一个人吗?"

"我觉得是不太可能的,但也不是不可能。"赫伯特回答,"我们

---

① 指的是因某人的所作所为得到合适或应得的报应。

心目中的那种人可能是个幻想家。他可能会在幻想中谋杀，也很有可能寄了匿名信，甚至亲自去了啤酒厂。通常情况下，他不会杀人。但假如他被躲在旁边的班尼特发现了，假如发生了什么争执，那么他幻想过的谋杀就可能真的会发生，极有可能是在防卫中进行的。一旦他尝到了甜头，接下来的一切就顺理成章了。"

"不错，有道理。我觉得最符合这个人物形象的是索恩。首席酿酒师或梅勒斯小姐可不像是会产生幻觉的神经病。"

不过，奈杰尔很纳闷，到底谁会是他们形容的"道德上懦弱的人"？肯定不是加布里埃尔·索恩。苏菲倒是曾经用这个词形容过乔·班尼特。

"也有可能是精神分裂症。他们管这个叫'双重人格'，吉姆。"凯米森医生说，"患者的精神是分裂的，两个部分交替工作。这就是为什么一些优秀的牧师或校长竟然会做出猥亵的事情来。一些人可能看上去没有恶意，却可能会是凶手，而且完全不知道自己做了什么。这就是双重人格。"

"饶了我们吧，医生。"警官抗议道，"接下来你可能会告诉我们，凶手是泰勒或是你自己的妻子。"

奈杰尔说："我想知道，故意的、有意识的人格分裂，是否会使主体展现出病态。比如，索恩似乎就成功地把自己分成了两部分。他在啤酒厂和在自己的住处完全是不同的两个人。"

"这个我也不清楚。"

"不管怎样，这些都是理论上的想法。我们想要更多的事实。匿名信呢,警官,有对此进行调查吗?"

"我们已经派人去调查了,先生。韦斯顿普莱尔斯下午的收信时间一般是 2 点 20 分到 7 点 20 分之间。那封信肯定是在这段时间内被放进信箱的,所以我一直在打听 15、16 和 17 号下午人们的行踪。这是泰勒给我的名单,他们的口供都填好了。想看一看吗?"

"哎呀,你们探长选了这么多嫌疑人啊。"奈杰尔瞥了一眼信纸后叫道。他读了起来:

姓名	7月15日 2:20-7:30	7月16日晚上 11:30 至 17 日
G. 索恩	待在啤酒厂直到下午 5:30(H. 巴恩斯和其他人已证实)5:35-7:30 在住处(博尔斯特太太已证实)	大约 11:40-12:45 外出散步(尚未证实)
H. 巴恩斯	在啤酒厂一直待到下午 5:30(索恩等人已证实)。7:05 到达鹿头酒吧,一直待到 8:15(酒吧服务员已证实)。自述 5:30-7:05 在乡下开车,给出路线(尚未证实)。	在床上(妻子证实)
班尼特太太	下午 2:20-4:00 在家休息(部分由女仆证实)。4:15-5:30 茶话会(安伯利太太证实)。5:30-7:30 在花园,然后更衣准备吃晚饭(女仆证实)。	在床上(尚未证实)

J. 班尼特	下午3点到达普尔汉普顿皇家雄狮（搬运工证实）。接下来的行程由班尼特的船（加内号）负责人伊莱亚斯·福克斯以及酒店员工等人证实。	没有证词。大概在海上。7:45加内号从港口起航。（伊莱亚斯·福克斯已证实）
E. 帕森斯	一直到下午5:10都在啤酒厂（由J.斯托克斯等人证实）。之后带莉莉·巴恩斯骑摩托车，路线已给；一直在韦斯顿普莱尔斯十英里外的地方（只有莉莉·巴恩斯一个证明人）。7:20返回（H.巴恩斯证实）。	一直跳舞到晚上11:30。之后和莉莉·巴恩斯一起离开，在镇上骑行（莉莉·巴恩斯证实）莉莉·巴恩斯12:30返回住处（H.巴恩斯证实）。E.帕森斯大约12:15返回住处。（由女房东证实）
A. 梅勒斯	拒绝透露2:20–3:30之间的去向。3:30–4:30在家做果酱（由女仆证实）。4:30–6:30开委员会会议（由尊敬的萨摩斯证实）。6:30–7:30做园艺工作（由邻居证实）。	在床上（一人在家，没有人证）
H. 凯米森	?	?

"嗯，我觉得7月15日这一栏内容不一定有太大帮助。寄信的方式有很多，不一定非要亲自投递到信箱。据我们目前所知，巴恩斯、班尼特太太、乔·班尼特、帕森斯和梅勒斯小姐都有可能是寄信人。"

"这是什么？"赫伯特问。

"这是在调查谁在 15 日下午 2 点 20 分 –7 点 20 分之间，在韦斯顿普莱尔斯投递了匿名信。你最好现在把你那部分内容填上去。"

"15 日？天啊，那天下午我在埃格林顿家里。回来路上正好经过离韦斯顿普莱尔斯镇几英里的地方，你知道的，吉姆，就在奥尔敏斯特前面的交叉路上，似乎很快就会把我定性为头号谋杀嫌疑犯了。"

托沃西警官放声大笑："好了，先生，收起你的玩笑吧。如果你能告诉我细节——泰勒会让我去调查的。"

赫伯特把细节一一告诉了他。奈杰尔研究着单子："我看你把阿丽雅德妮也列在里面。她为什么不告诉你那天下午她在哪里？"

"我不知道，先生。她当时为此大发脾气，说她的私事跟一群爱管闲事的警察没有关系。我当时觉得自己就像地震中的纸牌屋似的。不过，我们会调查这件事的。如果梅勒斯小姐出现在那附近，一定会有人注意到她。"

"我看到这个艾德·帕森斯有辆摩托车。"奈杰尔说，"探长告诉你，索恩说他见到蒙面骑手的事了吧。"

"蒙面的人？天哪！我没听说啊。"

"只是打个比方。当时是午夜，黑暗挡住了人们的视线。"

"哦，泰勒会亲自去找帕森斯。他的房东太太可能搞错了他回来的时间，还有莉莉·巴恩斯，挺漂亮的，她说她曾跟他一起兜风，但是——"

"但是他为什么要杀班尼特呢？难道他也有动机吗？这镇上不会

人人都有作案动机吧?"

"以我对班尼特的了解,我觉得差不多。"赫伯特冷冷地说。

"艾德·帕森斯和班尼特在卡车装货的事上有过矛盾,之前发生了卡车超载的事故,还闹上了法庭。小艾德说他只是遵从班尼特先生的指示做事,但班尼特却否认了这一点。从那之后,班尼特先生就处处为难艾德,常对他呼三喝四,吹毛求疵。这是我女儿格蒂告诉我的,我女儿曾和莉莉·巴恩斯是闺密,莉莉对小艾德有好感。这还不是全部,格蒂告诉她妈妈,因为这件事,连莉莉都有了麻烦,都怪班尼特。但是你现在不用太在意这件事,格蒂说这是秘密。"

"好了,我觉得这是个很充分的动机。但是如果帕森斯杀了班尼特,他不会在午夜骑着摩托车,大张旗鼓地开出啤酒厂,好让人们都看见他。"

"没错,先生。帕森斯是个正派坦诚的年轻人,要我说,莉莉配不上他。"

"巴恩斯先生知道他女儿有麻烦了吗?"

"泰勒也这么问,但我还没告诉他莉莉的事。"警官挪动了一下双脚,不安地拽了拽胡子,"我斗胆问一句,你能先和莉莉谈一谈吗?你的身份是非官方的,也许她会更愿意跟你谈。"

"呃,我不知道我居然有一天还要去开导问题少女。好吧,我会跟她谈的,反正我也要去问问松露的事。还有,普尔汉普顿那边有消息吗?"

"乔·班尼特下午3点开车到了那里,剩下的时间就是逛商店,给发动机加油之类的——"

"给发动机加油？"奈杰尔说，"苏菲不是告诉过我，他鄙视发动机，说船上有帆就够了，其他什么都不需要吗？"

赫伯特说："是的，他是个很守旧的水手。但他告诉我，因为这次没有其他人跟他一起出海，又不想在这个年纪独自驾驶一艘只有帆的船，所以要安装一个发动机，这么做很明智。他都快50岁了，体格也不如北欧海盗那样强健。"

"明白了。从那之后，也就是在——周四晚上7点45分以后，他就一直向西航行，是吗？"

"是的，先生。我们已经发出警示，在他可能到达的所有地方，比如莱姆里吉斯、埃克斯茅斯、普利茅斯等地，寻找他的船，但他目前还没有停靠这些地方。"

"我觉得他之后也不会在这些地方停靠了，"赫伯特说，"他的储备够他完成整个航行了，还带了一大桶水。去年我和他一起乘船旅行，头四天他一直在海上。晚上漂航，白天开船。只有来了风暴，他才会停靠港口。"

"看来我们只好提醒其他船只的人留意他了。不过，眼下倒也不急，没有他，啤酒厂还能维持一两天。只可惜他的假期毁了。"

说完这句令人惋惜的非官方陈述后，警官咂咂嘴，心不在焉地盯着他的啤酒杯。赫伯特会意，给他斟满了酒。

"这个案子真让人讨厌，"奈杰尔说，"说起来，没有尸体，而且人人都有作案动机。除了巴恩斯和帕森斯，所有人都没有不在场证明。

而且他们两人的不在场证明，还是他们的妻子提供的，这对我们是没有意义的。整件事都不按常规来，教科书帮不了我们了。也许我们该找个占卜板之类的东西来算一下。泰勒觉得这其中哪个是嫌疑人？或者，那只老狐狸还没拿定主意？"

"他目前倾向于索恩先生，班尼特先生的死让这个年轻人受益最多。探长已经让法国警方联系索恩太太了，但那边不会有什么线索。因为就我们所知，那位女士从没来过这里，所以她对啤酒厂的了解不足以让她做出这样的事。"

奈杰尔说："我觉得我们遗漏了什么。有个东西在我脑海里回响，隐隐约约地和文学会演讲之后的聚会有牵扯。到底是什么鬼东西呢？"

奈杰尔回想了两天前的晚上在这个房间发生的事。班尼特太太坚持要喝雪莉酒，尤斯塔斯说："亲爱的，你确定不想喝杯水吗？"或类似的话。班尼特沙哑的声音精确地在奈杰尔脑海中回响，但奈杰尔还是觉得漏掉了什么，当时应该还伴随着另一个声音。另一个声音——

"哈！"他叫道，"钥匙！班尼特当晚把一串钥匙弄得叮当作响。现在钥匙到哪里去了？凶手为什么只拿了那串钥匙，其他什么都没拿呢？"

"哦，可是我们找到那串钥匙了，先生。那天晚上，我第二次搜索啤酒花浸取槽的时候，巴恩斯先生说死者总是带着一串钥匙，果然，我在那里找到了。第一次很容易就错过了，但第二次我们就把它过滤了出来，还找到了更多的牙齿。"

"没了！"奈杰尔悲痛地说，"我所能想到的就是这些！现在我也没辙了。"

托沃西警官艰难地站了起来："好了,先生。我得走了。不要担心,医生,我们很快就能抓到凶手。要是费瑟再说什么,我就揍他一顿。"

"真是个强势的朋友。"警官离开后,奈杰尔说。

"是的,他是个好人。去年他儿子内德得了严重的肺炎,我救了他。从那之后,托沃西就一直心存感激。"

"能找到一个不乱怀疑人的警察真是太好了。这个阴森的案子有两个亮点,他就是其中一个。"

"另一个是什么?"

"杀害班尼特的凶手是为民除害,所以我们不用担心会有更多的谋杀了。应该说,万恶之源已经根除了,所以每个人都该开心才对。"

"但愿如此。"赫伯特平静地说。

第八章

7月19日上午 8:20—11:30

毫无疑问，习惯于伪装只不过是软弱无力的表现罢了，而不是什么大策略。

——培根《学术的进展》

周日的早晨，梅登阿斯特伯里不再像往常一样生机勃勃。修道院院长的钟声欢快地为早祷敲响过后，就停了下来。警示铃和迟来的礼拜者玩起了猫捉老鼠的游戏：它先是急不可耐地快速响了几下，就陷入了不祥的沉默，这让那些年老的女士们撩起黑缎裙加快了脚步，接着铃声又和缓了下来,好像是对气喘吁吁的老东西们做了个鬼脸,然后又重复着之前的流程。现在,就连顽皮的警示铃声也沉寂下来,街道一片宁静,享受着和煦的阳光,即使是昨晚喧闹的游览车队扔下的锡箔纸,也都看起来毫无生气。唯一打破安息日的平静的声音,从凯米森医生家的浴室里传了出来,奈杰尔正对着水龙头演唱他的保留曲目,即便是最礼貌的绅士,也难以表达对奈杰尔歌声的赞美。他的朋友曾利用与生俱来的天赋和想象力,把他的歌声比作是海狮的叫声,是最古老的拖拉机翻过一片陡峭的坡地发出的声音,是残忍的士兵在扫荡守卫森严的哨所时发出的嘶吼,是修路的钻机以及荒凉的礁石海岸上乌鸦的叫声。有一件事大家都同意,那就是奈杰尔在热身时,就能发出震耳欲聋的声量。

"我见到了纳帕·坦迪,
我拉着他的手。"

他大声唱着,用一条破破烂烂的丝瓜络打着拍子。然而,奈杰尔没有继续唱"爱尔兰有多穷,她坐落在何方",而是突然停了下来,"我见到了纳帕·坦迪,我拉着他的手,"他自言自语道,"这一点我之前可能想到过。凶手是不是在酒厂门口见到班尼特,并且说:'真想不到晚上这个时间,在这里能见到你!好吧,你既然来了,就到办公室来一下吧,我口袋里正好有把还不错的小刀,我想用它割破你的喉咙。'如果他不这么做,他怎么能确定一定能把班尼特杀死呢?毕竟,班尼特去那里是为了发现守夜人所谓的偷窃行为,那么无论洛克走到哪里,他都会跟到哪里,所以无形中洛克其实是保护了班尼特。当然,凶手可能会埋伏在啤酒厂大门通往某个地方的路上,但会是哪个地方呢?班尼特可能会直接去储藏室,或是存放瓶装啤酒的地方,也可能是洛克值班的小房间。凶手怎么会知道班尼特要走哪条路?当然,他可以潜伏在啤酒厂的院子里,在受害者进入目的地之前就拦住他。但是从院子对面的房子里,可以看见整个院子,说不定会有人看见他在现场。除此之外,如果他在院子里杀了班尼特,为什么要那么麻烦,冒那么大的危险把他拖进啤酒厂,拖到煮沸锅的台子上去呢?为什么不让他倒在血泊中算了?当然,这又让我们回到了原点——班尼特为什么会被放入煮沸锅?"

"且不说这个,"奈杰尔想,"也许我的第一个想法并没有听上去那么愚蠢。很有可能凶手——就叫他 X 吧——确实在啤酒厂门口见过班尼特。他找了什么借口去那里呢?直入主题!他可以说自己收到了匿名信,实际上,是他自己写的。他可以在给班尼特寄信的同时,也给自己寄一封,这易如反掌。在那之后,应该很容易就能把班尼特弄到某个隐蔽的角落,在那里,无论使用什么样的钝器对他进行攻击,都没人会看见。但肯定不会去煮沸锅那里吧?没有任何借口要把班尼特拖到那里去,因为随时会撞上到处巡逻的洛克。班尼特一定是在别处被谋杀的,也许是在他尾随守夜人要抓现行的时候,被 X 带到了某个房间。那会是哪里呢?为什么不是在某个办公室里,比如班尼特自己的办公室,或是乔·班尼特的办公室,或职员的办公室?守夜人不会来这些地方，要杀人也容易些。X可能会说：'听着，洛克这个家伙可能会狗急跳墙，某某的办公室里有个好东西可以用来防卫（上了膛的左轮手枪），我们先去拿来吧。'或者——总之会有很多借口可以把班尼特骗到房间里去。不过，如果有人用了私人房间或办公室，总会留下一些痕迹。我得问问办公室的工作人员，或是早上打扫房间的人。不知道乔·班尼特不在的时候，他的房间锁不锁，那里可是个杀人的好地方。"

"还有一件事。如果我的推理是正确的，那就排除了嫌疑犯名单上的班尼特太太、梅勒斯小姐和赫伯特·凯米森，因为他们谁也不可能说'好心人'给他们寄了封信，告诉他们如何抓住守夜人。乔·班尼特也可能被排除，别人不太可能相信他从海上航行回来仅仅是因为一封匿名信，除了像他哥哥那样的半疯子，谁都不会相信。尤斯塔斯·班尼特那么热衷于监视员工，可能会忽视这样的考虑，因此也不能完全排除乔。这样一来，加布里埃尔·索恩、首席酿酒师、艾德·帕森斯，还有乔·班尼特就成了首要怀疑对象。"一阵敲门声把奈杰尔从沉思中唤醒。

"嗨！"一个声音叫道，"你昏过去了吗？还是在用沸水做实验？我想洗个澡。"

"抱歉，赫伯特。我刚才在想事情。"

"好吧，我得承认，你思考的时候不像你唱歌时那样让人不快，但还是对你的同伴造成了不便。"

奈杰尔对此发表了些耸人听闻的评论，然后收拾了一下出去了。

两小时后,他走进了巴恩斯先生整洁而朴素的住所。他被带进了客厅,这里异常酷热,蕨类植物生长茂盛,简直跟热带雨林差不多。很快,首席酿酒师露面了,只穿着衬衣。他向奈杰尔打招呼时,一边的眉毛抬起来,另一边则是低垂着。

"哎呀,先生,大清早的,是什么风把你吹到我的寒舍来了?"他打趣道。

"我想和你女儿莉莉谈谈。我觉得应该从松露的角度来调查一下这个案子,所以我想从办公室职员入手。"

巴恩斯先生抓了抓长满胡须的下巴,"好吧,也没什么不可以。"他犹豫着说,"如果你想浪费时间,我可不管。但还是别烦扰莉莉了,好吗,先生?她最近有点不对劲,不知道她怎么了。跟我谈吧,别跟她谈了。我真不该怀疑她是不是把钱都花在买那些愚蠢的电影杂志上了。"他阴郁地补充道。

"不,我不会烦扰她的,我就是想问她几个无伤大雅的问题。但有一两件事,你可能可以先告诉我。"

奈杰尔引导他提供了以下信息:1. 乔·班尼特不在的时候,他的房间是锁着的,但是办公室里有万能钥匙可以打开;2. 谋杀案发生的当天早上,私人房间和办公室还没有打扫过,但在那之后,警察一直在搜查;3. 尤斯塔斯·班尼特的死对这个世界没有损失,在乔先生的管理下,啤酒厂会截然不同。

"是的,他一定会把啤酒厂发展得更好。"巴恩斯先生说。

"这倒提醒了我,那天下午我和索恩先生在你办公室时,你不是说有传言班尼特会卖掉啤酒厂吗？"

巴恩斯先生轻轻地敲了敲鼻翼，说："不问问题，就不会受骗。"

"但是现在已经无关紧要了。尤斯塔斯已经死了，所以这件事很可能没戏了。"

"没错，有道理。"首席酿酒师说。显然，他是需要深思熟虑才会透露秘密的。"请注意，斯特雷奇威先生，我可没说这消息是真的，可能只是误传而已，对的，误传，"他津津有味地重复了一遍，"但它确实是通过我不想透露的渠道，传到我耳朵里的，据说米德兰的一家大公司洛克斯比，正在和班尼特先生谈判，打算买下他的股权。"

"他为什么——我是说，班尼特那么热衷于掌控啤酒厂，竟然会考虑出售，这似乎有点奇怪。"

"确实如此，但事情没有那么简单。"巴恩斯先生威严地说，"请注意，我可不是妄加断言，有一个词叫出售，还有一个词叫变卖。"

"你是说啤酒厂破产了？"

首席酿酒师大惊失色。

"好了，斯特雷奇威先生，"他抗议道，"你可不能这样草率地下结论。事实是这样的，我们这位老板非常守旧，不喜欢新的方式，也不喜欢花钱，可是对一些问题视而不见是没用的。因此，啤酒厂很难竞争过那些方法好、设备新的公司。班尼特啤酒厂没有破产，但我怀疑，再过十年，也许五年，我们就撑不下去了。"

"你知道那些谈判已经进行多久了吗？"

"和洛克斯比的谈判吗？不确定。我猜是最近才开始的。"

"哦，好吧，我们会联系洛克斯比询问一下。"

"好的。别忘了，我可什么都没说。"巴恩斯先生用眉毛做了些复杂的表情。

"你——哦，当然，我们会说收到了些信息。再告诉我一件事，如果洛克斯比公司接管了班尼特酒厂，员工是不是会有大的变动？"

出乎意料，巴恩斯先生机敏地瞥了奈杰尔一眼。"我明白你的意思了。"他沉默了一会儿，"斯特雷奇威先生，这你就说错了。我觉得这次转让不会影响到我们的员工，他们都是好人，也都很能干，不会被遣散。"

"那么乔·班尼特呢，索恩先生和你呢？"奈杰尔直言不讳地说。

"什么？我们可是厂里的关键人物，你真会开玩笑，先生。"巴恩斯先生开怀大笑。

笑得太开心了吧，奈杰尔想。难道洛克斯比不会进行大换血吗？当然，乔在啤酒厂有股份，他们不会对他做什么，但是可以在他的位置上安插一个新经理。至于索恩，他不过是个酿酒学徒而已，称不上是关键人物。

"哦，非常感谢，"奈杰尔说，"现在我能跟你女儿说几句话吗？"

"好的，我去叫她。"

巴恩斯先生慢悠悠地走到门口，长长的手臂松弛地摆动着。

"嗨，莉莉！"他朝楼上喊道。

"怎么了，爸爸？"

"有位先生想见你。"

话音刚落,那边就咯咯笑了起来,说道:"告诉艾德别搞花样了!我身上只穿着礼拜日内衣,他见见试试!"

"不是艾德。是位先生,他住在凯米森医生那里。赶紧穿好衣服,我的姑娘!"

传来一声令人窒息的尖叫,然后安静了下来。巴恩斯先生从客厅门口转回头来,阴郁的脸上流露出意味深长的神情,但说出来的话却平淡无奇:

"他们俩经常在一起,斯特雷奇威先生。有事叫我。莉莉马上下来。"

听了刚才的对话后,奈杰尔对莉莉做了最坏的预期。可万万没想到,五分钟后,房间里进来了个幽灵般的人物。莉莉·巴恩斯遗传了她爸爸的长脸、长手臂和瘦长的身躯,外形酷似葛丽泰·嘉宝[①]。她的发型显然源自"瑞典的克里斯蒂娜",一头黄褐色的头发垂在肩上;扑了粉的脸,像原版电影的特写镜头里面的人物一般惨白;她没有化妆,只在长长的、低垂的嘴巴上抹了点淡淡的红色。莉莉·巴恩斯穿着一件旧雨衣,奈杰尔猜测雨衣下面应该就只有"礼拜日内衣"了。她懒洋洋地走进房间,双手插在雨衣口袋里,靠在门上,沙哑着声音对奈杰尔说:

"你想要见我?"

奈杰尔费了半天劲,才控制住自己没有说出"不,我还是回家吧"这样的话,而是说:

---

① 葛丽泰·嘉宝(1905年9月18日-1990年4月15日),瑞典籍好莱坞影视演员。

"呃,是的,只占用你几分钟。我想——我说,你不坐下吗?"

"我喜欢站着。"

"哦——呃——好吧,随你的便。"他冷静下来,震慑战术对这个"嘉宝"来说也许是最好用的,"我想和你谈谈班尼特先生的狗,松露。"

莉莉伸出一只手,抚摸着门框。奈杰尔注意到她的手在颤抖,心想,她可真傻。然而,她很快就镇静下来。

"松露?是啊,可怜的小狗。"她懒洋洋地喃喃道。

"现在,我有充分的理由认为,松露死的时候,啤酒厂的每个人都有令人满意的解释,除了办公室的工作人员。"奈杰尔轻快地说,"我也有理由相信狗的死可能和班尼特先生的死有关。"

"那又怎样?"莉莉厉声问道,让人一下子想到了珍·哈露[①]。

"所以,我列席参与调查这个案子后,就想我应该去找个办公室工作人员,问一下她对此有什么看法。"

"哦,你是侦探?你指控我杀了那只可怜的小狗?"

奈杰尔娴熟而机敏地调转了话题,他钦佩地盯着莉莉,仿佛之前从没注意到她似的。

"我在想,"他说,"你刚走进这个房间的时候,我一时想不起你让我想起了谁,现在我觉得你们真是太像了。我得说,你具有电影明星的魅力,而这种魅力,如今在银幕上太重要了。"

莉莉很吃这一套,她露出和嘉宝极为不同的笑容,说道:

[①] 珍·哈露(1911年3月3日—1937年6月7日),美国电影女演员。

"这也正是我常跟艾德说的话。"

"艾德？"

"艾德·帕森斯，他是我的男——我是说，他是我的一个爱慕者。"莉莉赶紧改口。

"嗯，你都知道些什么？"奈杰尔大声说道，拼命地在脑中搜寻有关电影的词汇，"艾德·帕森斯？这不是太糟糕了吗？"

"你什么意思？"莉莉严厉地问。

"哎呀，我说这孩子现在的处境可不好。"

"哦，别胡说了！"莉莉这时一点都不像嘉宝了，"好好说话！我的艾德什么都没做，如果有人说——"

"稍等，"奈杰尔感激地打断了她，又恢复了自己的个性，"不管松露的死和班尼特的死有没有关系，我们先把松露的事说清楚。"

"你继续！"莉莉嘲弄地说。

"我会的。如果两者是有关系的，那就意味着凶手想在生肉消耗转化率上做个实验——"

"什么率？"

"抱歉，我是说压力锅煮肉的消耗率。换句话说，杀了松露的人也杀了班尼特。所以，办公室工作人员也会受到一定程度的怀疑。"

奈杰尔看到莉莉眼中露出惊慌的神色，但是他一边看着自己的鼻子，一边流利地说道："当然，整件事可能就是一个搞砸了的恶作剧，或者你们就是无辜的，如果是这样的话，那么所有的相关人员都可以放松下来了。我就害怕——"

莉莉·巴恩斯站在他旁边，抓住他的肩膀："听着，如果我告诉你，你能答应我不告诉乔先生和我爸爸吗？他们会大发雷霆的，那是场意外，我发誓。"

奈杰尔的瞄准射击正中靶心。他试图装出一副无所不知的样子，让她坐在椅子上讲自己的故事。简单地说，情况是这样的：案发前一天，尤斯塔斯·班尼特在办公室里对职员大发脾气，莉莉和其他两个职员气得要命，于是计划绑架松露。他们这么做一方面是因为怨恨狗的主人，另一方面也是因为他们很可怜这只狗。那天早上，松露也没有逃过主人的火爆脾气，他们听见班尼特在他的房间里打它。他们的计划是，第二天早上等班尼特出去检查的时候，莉莉去抓住这只狗，把它藏到外套下面，带到啤酒厂的院子里，交给她的朋友格蒂·托沃西，格蒂会带着一只有盖的大篮子等在那里。然后格蒂乘公交车，把狗交给她的朋友们，他们住在20英里外的一个小村庄。在那里，他们会照顾它，直到为它找到永久的家。

在某种程度上，一切都进行得很顺利。但就在莉莉带着狗要走出办公室的时候，她听见班尼特在和办公室门口的职员交谈。不幸的是，松露也听到了，它在她的大衣里面开始叫了起来。莉莉头脑一热，冲出房门，爬上梯子，走进制酒区。所幸当时没有人在那里。莉莉站在打开的煮锅后面，如果班尼特过来，她就准备躲在那里。可是松露当时已经非常急躁了，它听到了主人的声音，它那倔强而可怕的本能，驱使它哪怕害怕也要到主人那里去（它的本能告诉它，不乖乖地待在班尼特房间里的篮子里是不对的）。松露不停地挣扎，莉莉还没来得及抓住它，它就扭动着从她怀里挣脱开来，正好掉进敞开的煮沸锅里。

事情就是这样。莉莉知道它掉进沸腾的啤酒里，必死无疑，于是赶忙回到办公室，把事情经过告诉了她的同伙。等班尼特对狗失踪一事进行调查时，两个职员一口咬定在他外出时，莉莉一直待在办公室里。即便其他员工在酒厂其他地方看见了她，出于对她的喜欢，也不会对班尼特多说什么。

这个故事虽然很奇怪，但是也很详尽，而且讲故事的人非常真诚，因此奈杰尔毫不犹豫地就相信了她。但是他有一个疑问。

"我相信这是事实。"他说，"我并不怀疑它的真实性。但是以我对已故的尤斯塔斯·班尼特的了解，我很惊讶他居然没有逼你说出真相。"

莉莉脸红了，用手指扭动着雨衣上的一粒纽扣。

"他没怎么逼问我。你看——嗯，这确实有点傻，他年纪已经很大了，你可能会认为——但是他有点喜欢我，我觉得这就是原因。"

奈杰尔想，事情有点棘手，不过，他还是要试一下。

"我猜艾德会很嫉妒吧，我是说，如果他知道的话。"

莉莉的脸色一下子阴沉下来。"喂，"她说，"你是在给艾德强加罪名吗，如果是的话，你还是别多管闲事了，我谢谢你。"

"这不是我想强加给他的，是警察，他们的鼻子可比我的灵敏多了。"

女孩狭长的嘴巴颤抖起来，她突然说道：

"但是艾德不会——不管怎样，他不知道——那天晚上我一直和他在一起，我们去蜂巢树林了。舞会结束后，我们骑着他的摩托车去了那里，直到午夜12点半才回来，所以这就可以证明他不可能是凶手，对吧？"

奈杰尔像个测谎仪一样，断定她没完全说实话。如果他之前没有听莉莉讲那个关于松露的几近事实的故事，他也许会很容易就相信了她。但她讲述这两个故事的方式，很明显是不一样的。尽管她很紧张，说话语无伦次，但是艾德的不在场证明来得还是太快，太生硬了。她给人这种感觉：她正一边聆听自己说话，一边注意着听众对这些话的反应。所有不熟练的说谎者都会给人这样的感觉。

奈杰尔开口了，没有看莉莉，声音温和而冷漠：

"我调查过几次刑事案件，总是会注意到一件事，那就是，讲真话是值得的。我记得不久前的一个案件，几个证人出于大公无私的良好动机，隐瞒了一些信息，并歪曲了其他的信息，这对他们来说是个严重的错误。他们这么做是想保护某个人，当然，我们很快就弄清了那个人是谁，但这只会让我们更加怀疑他。如果他的朋友们一开始就说实话，那么我们就不会那样怀疑了。很复杂吧，但你能明白我的意思吗？如果你真的相信某人是无辜的，那么最好的方法就是说实话。说实话其实是对你的信念的考验。如果你足够爱艾德·帕森斯，完全相信他是无辜的，那么——"

女孩抑制不住，啜泣起来，打断了奈杰尔的话。她克制住自己，说："你当真？真的吗？你不会是想给我下套——"

"我看起来不像是给人下套的人吧？"

130

"那我就相信你。我最近一直很痛苦,不知道我是否应该这样做。斯特雷奇威先生,事情是这样的——"

这次莉莉讲了一个不同的故事。她和艾德 11 点半离开了舞会,就像她之前说的,去了蜂巢树林。他们在那里大吵了一架,艾德在尤斯塔斯·班尼特这个话题上大做文章,莉莉气急败坏地回答说她还没有嫁给艾德,如果他不喜欢她的这些绅士朋友,他知道他该做什么。艾德阴郁地回答说他当然知道,班尼特最好小心一点,莉莉也一样,如果现在还不算太晚的话。他这样说到底是什么意思?好吧,他说,雇主招惹女员工的事情也不是第一次发生了。她对这种无稽之谈大为光火,以至于懒得去否认了。如果艾德认为她是那种人,那就随他便吧,但是她不会再接受他了,即使他向她下跪也不行。奈杰尔问那个年轻人怎么会有这样的想法,莉莉回答,肯定是那个卑鄙小人格蒂·托沃西在艾德耳边说三道四,因为格蒂对艾德爱而不得。奈杰尔想起托沃西警官的话,证实了莉莉刚才所说的。但他说,他还以为莉莉和格蒂是知心朋友呢。莉莉反驳了他,并告诉他,在松露的事情发生后不久,她俩就吵了一架,之后再也不说话了。奈杰尔巧妙地把她引回到和艾德争吵的话题上。在一番胡言乱语之后,艾德直截了当地问她是否怀了班尼特的孩子。莉莉说如果他喜欢这样想,那就随他便吧,然后她又针对艾德和班尼特先生在做父亲方面的相对潜力,发表了一些可以原谅但却欠考虑的评论。这席话彻底瓦解了艾德,他认为莉莉没有否认艾德对她的指责,那就表明莉莉是承认了这一切。他跳上摩托车,飞快地开走了,莉莉只好独自走回梅登阿斯特伯里。第二天晚上,艾德惊慌失措地来找她,告诉她尤斯塔斯·班尼特被杀了,警察一定会怀疑他是凶手。莉莉自己也害怕是他干的,但是他发誓,在离开她的那天晚上,他一直在乡间小路上骑摩托,差点想摔断自己的脖子,并没有靠近啤酒厂。于是他们俩就和好了,莉莉同意说那天晚上他们俩一直在一起。

"艾德离开你的确切时间是什么时候?"奈杰尔问。

"就在他走之前,我听到修道院的钟敲响了12点。你不会认为他——"

"不,我不会的。这件事表明如果你一开始就说实话,事情会更顺利。你看,艾德从你口中得知那个老色狼对你做了坏事之前,不太可能会计划杀班尼特。但那封让班尼特去啤酒厂的匿名信是15号写的,也就是你们争吵的前一天。注意,这并不能完全洗脱艾德的嫌疑,但是形势对他会好很多。"

莉莉对奈杰尔笑了笑,她恢复了精神,也恢复了嘉宝的个性。

"你知道吗,你是个好男人。你真是个好男人,真的。"她说。

"是的,"奈杰尔说着,快步朝门口走去,"我妻子也这么说。再见。"

第九章

7月19日 上午11:30—下午1:20

我要以偷窃之罪警戒你。

——莎士比亚《雅典的泰门》

霜冻和欺诈都有肮脏的结局。

——威廉·古纳《全副武装的基督徒》

在去警察局的路上,奈杰尔拜访了艾德·帕森斯。艾德是个身材高挑的年轻人,一头蓬乱的深红色头发,脸色苍白而纤弱。他一开始还试图狡辩,但一听到莉莉已经把事实真相告诉了奈杰尔,就冷静下来，承认了事实。当晚，他怒不可遏地丢下莉莉一个人，在空旷的路上疯狂地骑行了近半个小时才回家。他现在为怀疑过莉莉和班尼特之间的关系而感到羞愧，但当时在啤酒厂他被捉弄了。格蒂·托沃西跟他说莉莉怀孕了，而莉莉的反应让他觉得格蒂说的是真的，不然还能怎么想？

"格蒂什么时候跟你说的？"奈杰尔问。

"哦，我想想，是在舞会上，星期四晚上。"

"不错，如果她证实了这一点，那么你就排除嫌疑了。"奈杰尔心想，"这封匿名信是周三下午寄出的。除非艾德和格蒂之间有什么阴谋，但似乎不太可能。而且，如果格蒂周四之前就把这件事告诉了艾德，那么他就有可能会计划杀了班尼特，写了这封匿名信。如果是这样的话，让莉莉知道他认为莉莉做了错事，就不安全了。"

为了弄清楚这件事，奈杰尔从艾德那里问到了托沃西的地址，找到了格蒂。不久，她就哭着忏悔了。她承认，周四晚上她把莉莉和班尼特先生的事告诉了艾德。她也没办法，看见艾德和莉莉跳舞，她妒火中烧，就一下子说了出来。班尼特先生和莉莉是有点暧昧的，至少啤酒厂的员工都是这么说的，所以她觉得总得有人去警告一下艾德。

奈杰尔打断了她的诡辩，又走了30码来到警局。在那儿他找到托沃西警官，他正激动难耐。

"昨晚，班尼特先生的家被盗了。"他说。

"尤斯塔斯·班尼特的家？"

"是啊，先生。"

"丢了什么东西?"

"我们还不清楚。没有丢银器之类的东西,那个家伙似乎志不在此。"

"呀!你可提起我的兴趣了,华生①。不会是私人文件吧?"

警官往后一靠,头偏向一边,钦佩地盯着奈杰尔。

"今天早上我还跟泰勒说,你是个聪明人。"他说,"不能以貌取人,对吧,先生?"他热情高涨地补充了一句。

"是的,我想是的。"奈杰尔不太热情地说。

"确实是文件,先生。班尼特先生的书房被翻了个遍,抽屉打开了,所有的东西都被打开了。探长正和班尼特太太一起检查,不过我觉得她也不太清楚她丈夫的私人物品。"

"窃贼是破门而入的吗?"

"不是的,先生,就是走进来的。你之前关于钥匙的猜想是对的,先生。"

"钥匙的猜想?"奈杰尔不解地说。

"哦,是这样的。我们在调查犯罪现场时,没有发现破门而入的痕迹。"警官慷慨陈词,"我们推断窃贼一定有钥匙。前门晚上是锁着的,而且上了闩。但有个侧门只有弹簧锁,没有上闩,罪犯一定是从这里进去的。同样,班尼特先生办公室的抽屉也没有被撬过的

---

① 阿瑟·柯南道尔爵士所著小说《福尔摩斯探案全集》中的虚构人物。与夏洛克·福尔摩斯是搭档。

痕迹，这就表明歹徒也有办公桌的钥匙。"

"确实如此。"奈杰尔听了这些行话，头有点晕，"但是钥匙是怎样落到这个——呃——歹徒手里的呢？"

"啊，"警官说，"现在你可说到点子上了。泰勒想了个办法——虽然晚了点，但他是用上帝赋予他的智慧，尽了最大的努力想出来的。他认为凶手在把死者推进煮沸锅之前，已经取下了几把钥匙，于是就把那串在浸取槽里发现的钥匙拿给班尼特太太确认。那位女士说：'没有丢，钥匙都在这里。'泰勒非常沮丧，就在这时，班尼特太太又说：'但是那些备份钥匙呢？到哪里去了？'原来，班尼特先生过去常把房门钥匙、家里和啤酒厂办公桌钥匙的备份钥匙放在马甲口袋里。这样的话，如果他丢了一套钥匙，那么就还有一套。希望你能明白我的意思。"

"这样看来，昨晚觊觎班尼特的文件的家伙就是杀害班尼特的凶手，这是十拿九稳的了。"

"没错，先生。但现场没留下指纹或是其他的线索，所以我觉得这对我们没多大帮助。"

"哦，算了吧，我可不这么认为。班尼特太太了解到重点了吗？我是说，她对凶手半夜来访有什么反应？"

"哦，这老女人她可不在意。什么房子里的凶手了，丈夫的书房被盗了，这些事情她一点都不担忧！反而一直唠叨着让泰勒逮捕爱丽丝，爱丽丝是她的用人，她说她偷吃了她前一天烤的蛋糕和几块面包，真是妇人之见。泰勒被缠得没办法，最后只好顶了她几句让她闭嘴。"

就在这时，探长走了进来，腋下夹着一个文件夹和一捆文件。他微微地向奈杰尔点了点头,就在桌旁坐了下来。

"发现丢了什么东西吗,先生?"托沃西问。

"迟早会发现的,伙计。"探长说着,把文件摊在面前,仔细地研读起来。然后他抬起头补充道:"不知道丢了什么,因为我们根本不知道原来有些什么。"

警官不说话了。过了一两分钟,探长不耐烦地推开了那几份文件。

"没看出什么来。那就只剩下这份标着'洛克斯比公司'的文件夹了。斯特雷奇威先生,可是这个文件夹里面是空的,班尼特的书房里也没有与此有关的文件。洛克斯比公司?我到底在哪儿听过这个名字?"

"那个守夜人来班尼特这里任职之前是受雇于他们的。"奈杰尔故作正经地说。

探长皱起眉头:"想起来了,这名字就在我嘴边。我总觉得那个叫洛克的人有点可疑。"

"洛克斯比是英国中部一家大型酿酒公司。缺失的文件应该就是有关洛克斯比与班尼特先生做的初步谈判,班尼特先生准备要把酒厂的控股权出售给洛克斯比。"

奈杰尔垂下眼睛,等待着暴风雨的来临。警官吃惊地瞪大了眼睛。探长直挺挺地坐着,苍白的大脸上面无表情,好像冰冻住了似的,然后他突然叫了出来:

"好啊,先生,你这是知情不报啊!"

"没有,当然没有。我从不隐瞒信息,至少目前还没隐瞒过。我今天早上才听到了这些详细消息。"

于是，奈杰尔把他和首席酿酒师的谈话叙述了一遍。探长听完，让警官给洛克斯比公司的管理层打电话了解一下。

"可惜巴恩斯之前都没跟我说这些，他可真是碍事。不过，我觉得现在可以排除他的嫌疑了。"

"为什么排除他？"

"哎呀，先生，"探长解释道，他高傲地眯起了他的小眼睛，"太明显了。如果巴恩斯昨晚费了那么大的劲，要去销毁和洛克斯比谈判的证据，那他今天早上就不可能会告诉你交易的内容了。"

"我不知道，但也许这是转移嫌疑的好办法。"

"哦，算了吧，斯特雷奇威先生，我觉得这不可能。在现实中，人们不会这样做的。"

"那为什么小偷不把文件夹也拿走呢？还有他为什么要把房间搞得一团糟？"

"我觉得当时是因为慌了吧。用人爱丽丝说，她凌晨1点左右起床，离开了卧室。毫无疑问，小偷听到她的动静就逃走了。"

"这太理想化了。如果偷了文件，平息洛克斯比的事对他来说非常重要的话，那他为什么不把文件夹也带走？"

"我估计是他没看见上面写着洛克斯比公司的名字，名字写在文件袋翻盖的下面，不容易看见。"

"我还是觉得，这些都表明凶手故意把我们的注意力引到洛克斯比公司的交易上，这就意味着凶手杀人别有隐情。"

探长笑道:"先生,凭你的想象力,你该去写本书。"

"我写过啊。"奈杰尔酸楚地说,"我还给另一位嫌疑人洗脱了嫌疑。"

"真的吗,先生?"探长戏谑地说。

"是的。艾德·帕森斯。"

奈杰尔大致讲了讲他和莉莉、艾德以及格蒂·托沃西的谈话内容。

"哼!所以他们两个一直在跟我们撒谎,是吗?看来得教训一下他们。"

"肯定的。不过现在还是以我们手上的凶杀案为重。我——"

桌上的电话铃声打断了奈杰尔。探长拿起话筒:

"喂!我是泰勒探长,这里是多塞特郡,梅登阿斯特伯里镇……打高尔夫?是的,先生,这对你来说一定很不方便,但我碰巧在调查一起谋杀案……是的,尤斯塔斯·班尼特先生……是的,先生,很令人伤心……我只是想知道他和你们的一些谈判细节,听说你们在谈出售班尼特工厂的……是的,先生,当然要保密……"

电话那端传来一阵金属般的嘈杂声。探长一度睁圆了眼睛,轻声吹了声口哨:"你说要关闭这个地方?……是的,当然……你那边或者我们这里还有其他人可能会了解谈判内容吗?……明白了。非常感谢,先生。目前就这些了。"

探长得意洋洋地转向奈杰尔:

"不知道你的巴恩斯先生会怎么解释?"

"你说话像猜谜语一样,请你解释清楚。"

"洛克斯比打算把交易进行下去。他们在巴斯附近新建了工厂，计划收购班尼特工厂后就关掉它，以此来消除竞争，说这样可比改造酒厂收益大多了。可是巴恩斯却给你编了一大堆故事，说酒厂的变动不会影响到员工！他把你当傻瓜耍了。"

"好吧，最后吃亏的人最吃亏。到底什么情况，我们再等等看吧。就因为这个，你就要拿副漂亮的手铐去逮捕巴恩斯先生吗？"

"当然不是，在那之前还有很多常规工作要做。但你们这些业余爱好者是不会感兴趣的，对吧？太辛苦了。"探长带着滑稽的口吻说道，就好像一只大乌贼刚消化完一堆新鲜的鱼，现在正跟小乌贼传教一样。"我不是说巴恩斯就是我们要找的人，但是我觉得我可以把目标缩小到他、乔·班尼特和索恩先生这个范围。只有他们是对与洛克斯比公司谈判感兴趣的人，也是了解谈判内容的人。"

"我还是倾向于认为，洛克斯比这件事是凶手制造的烟雾弹。不过，假如你是对的，那乔·班尼特呢？他是最有可能知道谈判细节的人。关闭啤酒厂在经济上对他不是什么好事，而班尼特的死会给他带来绝对的控制权，而且他似乎有志于啤酒厂。我的意思是，作为一个人，想到所有的员工会被遣散——"

"嗯，很有可能，但是他现在在哪儿？他以前经常在啤酒厂所属的酒吧走动，在这个镇上和附近的村庄都很有名，如果他出现在附近，一定会有人看见或者认出他来。如果是他昨晚潜入了班尼特的书房，那么他不可能跑得很远，因为没人在火车站见到他，而且他的车还停在普尔汉普顿的车库里。如果人是他杀的，他的航行是为了作不在场证明，那么他还待在这附近就太愚蠢了。"

"还没有加内号的消息吗？"

"没有。这就有趣了。航运、海岸警卫队和港务局都收到了警示。一个人消失是很容易的，但是如何让一艘像样的游艇消失，我就不知道了。"

"如果不是哪只鸟施了魔法，那就是它可能已经沉没了。"

"在这种天气下？"

"是啊，不太可能对吧？乔·班尼特最近没买摩托车吧？"

探长如月光一样白的脸上露出狡猾的神情。

"啊哈！"他说，"我之前就怀疑你可能会这样想，我已经在调查了。不过，他可不是唯一值得怀疑的人。这位年轻的索恩先生的行为也非常可疑。他说他那天晚上出去散步了，但是——"

"如果人是他杀的，我怀疑让他承认犯罪事实，就没那么容易了。"

"看看他的动机，应该就是和母亲分五万英镑。顺便说一句，听法国警察说，她现在状态很好。事情发生的时候，她正安静地坐在别墅里。"

"这么说，你不相信洛克斯比公司有杀人动机？"

"不完全吧，固执己见是没有用的，先生。我想说的是，要保持开放的心态，多研究事实。"

警官走进来，告诉探长外面有人要见他。于是，探长就出去了。奈杰尔点燃了一支香烟，把香烟卡片放在拇指上，然后利落地把它弹进房间另一边的废纸篓里。

"啊哈！"他自言自语道，"依然宝刀不老嘛，只不过似乎我的脑子不灵了，我现在还是想不到是谁杀了班尼特。加布里埃尔·索恩很明显就是个反派，但我还没有仔细想过。他有杀人的机会和动机，但在邮寄匿名信这件事上，他有不在场证明。不过，他可以让别人帮他寄，必须得查清楚他在韦斯顿普莱尔是否认识什么人。那么动机呢？不知怎么，我觉得那个年轻人不会为了钱杀人，他不是那种精于算计、冷血无情的人。当他说自己对班尼特遗嘱的事一无所知时，似乎说的是真的。在那次面谈中，真正让他感到不安的是，他的母亲竟然和班尼特有染。了解了这一点，并且知道了班尼特是他的父亲，可能会让他这种神经质的人做出越界的事情，而且班尼特还戳痛了他的另一个致命要点：班尼特曾经让他给他们的啤酒写打油诗做广告。我记得聚会那天晚上他为此很激动，他对这种羞辱痛恨至极。加布里埃尔·索恩是有可能杀人的，而且我觉得，凶手把我们的注意力引到洛克斯比的事情上，这就表明索恩可能就是凶手。因为关闭班尼特工厂对他影响最小，这样的话，他就可以把我们对他以及他的动机的注意力转移开来。是的，加布里埃尔·索恩值得好好调查一下，不知道他昨晚有没有出门。"

与此同时，探长困惑地走了进来。

"外面来了个叫卡拉瑟斯的家伙，"他说，"每当我要把事情理清楚的时候，总是有人带着新的难题冒出来。"

"这些都是来考验我们的。"奈杰尔说。

"不知道这是怎么回事。这家伙说他负责啤酒厂的冷藏室，就在案发后的早上,也就是周五早上,他发现连接着冷藏室的应急铃坏了。"

"太好了!这真是个好消息,我们终于有进展了。那他之前为什么不说呢?"

"怕惹祸上身吧。毕竟看管冷藏室是他的职责,所以他就只是把铃修好了,其他什么都没说。你也知道,周五晚上,我们彻底搜查了整个厂房,想要找到线索,帮助我们确定犯罪现场,但却什么都没发现。于是,第二天我们打印了份呼吁书,巴恩斯先生把它贴在啤酒厂的各个地方,呼吁所有注意到前一天有任何异常的人前来提供线索。这个卡拉瑟斯好好考虑了一下,今天才决定要来提供信息。我不认为——"

可是奈杰尔已经离开房间,去盘问卡拉瑟斯了。

"你说门铃坏了,你的意思是它是被切断了、关掉了还是故意破坏了?"

卡拉瑟斯从专业角度开始大讲特讲起来。

"嗬!停!"奈杰尔说,"我是研究语言的,不懂什么高频线圈。你就简单明了地给我讲讲,就当是给小孩上课。"

卡拉瑟斯咧嘴一笑,尽全力给他讲了讲。奈杰尔了解到那门铃坏了,看上去就像是意外损坏似的。但是卡拉瑟斯知道这种门铃最为耐用,因此坚决认为门铃一定是被人为破坏的。

"走吧!"奈杰尔喊道,"我们得去犯罪现场看看。这可是件大事,在报纸上登出来的话,标题就是:知名业余侦探追踪被蓄意破坏的门铃线索。"

他大步流星地带路去啤酒厂,探长和卡拉瑟斯在后面怎么都跟不上他的脚步。很快他们就站在了冷藏室坚固的门外,卡拉瑟斯示范性地给他们简短地讲了一下情况。

"门铃周四的时候能正常工作吗?"

"是的,先生。周四下午我测试过的。"

"那么我们来检查一下吧。"奈杰尔说。

"你这是浪费时间,先生。"探长说,"我们已经检查过这个房间了。"

"没关系。"

沉重的门开了,他们走了进去,搜查了一刻钟。冷藏室里非常清冷,白茫茫的,空荡荡的,就像是冬日的天空。

"这就是你要的,先生。"探长说。

"是的,似乎是我要的。"奈杰尔站在门边,背对着其中一台冰柜,"不像我上次来那么冷了。"

"是的,先生。"卡拉瑟斯说,"我们现在正在除霜。"

奈杰尔僵在原地。然后他张大嘴巴,脸上现出茫然、呆滞的表情,就好像一个中了枪、马上要倒下的人一样。

"除霜!"他喊道,"天啊,我真是个傻瓜!好一个除霜!那件该死的外套跑哪儿去了?"

他拔腿就跑,像一只疯狗一样跑出了房间。探长拖着笨重的身体,尾随在他身后,等他来到首席酿酒师的办公室时,奈杰尔已经在翻弄挂在墙上的白大褂的口袋了。他朝探长伸出手来,手掌上放着一块深绿色的、不知什么东西的碎片,大约有他小指甲的三分之一那么大。

"找到了,"他气喘吁吁地说,"这就是失踪的线索。好好欣赏一下吧,老伙计。我们走吧。"

他匆忙往冷藏室走去,探长在他身边上气不接下气。等他们回到冷藏室,探长爆发了:"好啊,先生,这到底是怎么回事?隐瞒证据是什么意思——"

"隐瞒个屁!我只是刚想起来而已。星期五早上,他们带我参观这个房间时,我捡了这个小东西,想也没想就把它放在我穿的白色外套的口袋里了。卡拉瑟斯提到除霜,我才想起这件事。你看,这个东西就放在凹槽底部的一层霜上面。"

"好吧,但是——"

"不明白?它放在一层霜上面,这才引起了我的注意。这就意味着它一定是最近才掉在那里的,否则它上面就结霜了。卡拉瑟斯,你们上一次是什么时候除的霜,我是说谋杀案之前。"

"周三晚上温度上升,周四早上再次下降。"

"所以整个周四都会有霜?"

"对的,先生。"

"证明完毕。"奈杰尔洋洋得意地说,"如果这个小东西在周四晚上之前掉在那里,那么它周五早上就会覆盖上冰霜。可是它并没有。这就是说,它是在周四晚上或是周五早上掉在那里的。"

"但这并不能说明什么。也许是周五你来之前,某个员工掉在这里的。"

"你仔细看看好吗?这是什么东西掉下来的碎片?"

泰勒探长仔细查看了一下,坚硬的深绿色表面上,有着精美的条纹,是某种图案的一部分。探长对着它重重地呼吸了片刻。

"我知道了!"他说,"这是图章戒指的印章碎片。但是——"

"正是如此。这个碎片只可能是由于暴力从原来的物体上掉落下来的。比如,图章戒指的主人用拳头猛地击打在冰柜上,戒指受到撞击,图章裂了,这个碎片就掉落到下面的霜上面。"

"见鬼,先生,没有人会去打冰柜吧。"

"当然没有,谁那么无聊会去打冰柜,但这恰恰是重点。如果两个人在黑暗中打斗起来,其中一个人去打另一个,打偏了,就会失手击打在冰柜上。"

"嗯,有道理。我最好去调查一下这图章。要找到图章戒指的主人应该不难,但是我想,他发现图章裂了之后会处理掉戒指的。这个不是尤斯塔斯·班尼特的,他的戒指没有坏。"

"英国饰章院应该可以复原出整个徽章,一旦我们知道了整个图案,那么我们应该就能锁定凶手了。"

"我们先用显微镜看一下,先生。"探长仔细地查看着冰柜的侧面,"啊,这里有个小缺口,就在你发现图章碎片的正上方,看起来是新的。嗯,离地面 4 英尺 6 英寸。如果你瞄准一个和班尼特一样高的人的下巴,这正好是你用拳头可以打到的高度。"

奈杰尔茫然地盯着自己的脚,说道:"凶手的计划怎么会出错了呢?"

第十章

7月19日 下午 1:30—5:30

沾了酒的嘴唇永远别想碰我的。

——戒酒歌（19世纪）

午饭后，奈杰尔回到警局时，仍然有点心不在焉的。这可能是由于他午饭吃了两份烤牛肉、三份梅子馅饼，还有一盘奶酪和饼干的缘故。赫伯特看着他吃东西，越来越不安。

"你再这样吃下去会吃伤的，"赫伯特说，"不久前有个病例——"

"我倒是不担心这个，"苏菲说，"我担心的是我的食品储藏室不够大。下次奈杰尔来之前，我们得再建一个储藏室。"

"哎呀，这奶酪太好吃了，可以再给我来点吗？"

"现在给你测个血压应该会很有趣。"

"我敢肯定什么都不剩了，晚饭没得吃了。"苏菲说。

"哦，真的什么都不剩了？这样吧，晚上我带你们两个去酒店吃吧。"奈杰尔由衷地感动了。

苏菲笑道："不用了，没关系。我们一起凑合吃点算了。你知道吗，你很有趣，人也很好。"

"谢谢。"

"你是因为某件事要大吃一顿，还是一般情况下都这么吃？"凯米森医生问。

"两种都是。天才一般都是大胃王，而且我今天要去见梅勒斯小姐。你觉得她怎么样？"他直截了当地问苏菲。

"我？哦，我不太了解。"苏菲戴着角质眼镜，神色庄重，又有点烦躁不安，就像一只被山雀包围的猫头鹰，"虽然她很专横，但人很好。我觉得她很多愁善感，但又为此感到羞愧，所以才摆出那副高高在上的样子。如果她有难言之隐，我也不会感到奇怪。"

"亲爱的，你居然说她多愁善感！"赫伯特说。

"是啊，她确实心肠很好。那些脾气暴躁，却善良的人总会有些难言之隐——至少书里是这么写的。"

"哦，原来是书里这么写！"

"如果不让书本掌控住你，"奈杰尔说，"那么书确实是很好的。

你现在是不是说，乔·班尼特就是梅勒斯小姐的难言之隐呢？"

苏菲放声大笑："乔！天啊！"然后又控制住自己说："乔·班尼特？也许是吧。有时她确实会用狗一般忠诚的眼神看着他，而且她还会像妈妈一样照顾他。比如在他度假回来之前，她会先四处看看他的房子是不是干净、温暖。你知道的，他们两家紧挨着。"

"他们现在也住得很近吗？"

"喂，奈杰尔，"赫伯特说，"你到底想打听什么？"

"我也不知道，真的，我不知道，也许是在等待黎明吧。乔·班尼特戴图章戒指吗？"

"不戴，至少我从没见过。你见过吗，苏菲？"

"没有见过。"

赫伯特无动于衷地看着奈杰尔，说：

"你是不是怀疑乔杀了他的哥哥？"

"情况对他不利。"

苏菲倒抽一口气："奈杰尔！你不能——乔不会的——如果你认识他，你就不会这么想了。"

"但是他在出航啊，他怎么可能——"

"赫伯特，不幸的是，他目前似乎没在航行。而且，他的船也不见了。"

"那他会是出于什么原因杀人呢？"

"你们俩现在必须保密，啤酒厂有倒闭的风险。"奈杰尔把尤斯塔斯和洛克斯比谈判的事告诉了他们，"就是这样。如果他的哥哥活着，那乔就会眼睁睁地看着班尼特酒厂倒闭，还有那些他喜欢的人失业。如果尤斯塔斯死了，乔就会继承啤酒厂的控股权，有能力终止与洛克斯比公司的谈判，并且按照你和他希望的形式，对啤酒厂进行现代化改革。"

"对，我觉得这是很有道理的。"赫伯特说，"但老实说，虽然乔是个大好人，但是我觉得他不大会出于这样无私的动机去杀人。他太喜欢舒适，太温和了，不是那种会为了人民而死的狂热分子。"

"同意。但假如他有强烈的私人动机要去除掉他的哥哥呢？你说过尤斯塔斯总是对乔指手画脚，显然，尤斯塔斯有很强的控制欲。于是，洛克斯比的事发生后，乔就会对自己的个人动机进行合理化，并为采取行动提供正当的理由。"

"有可能。乔一直以来都受到他哥哥的阻挠和压制，洛克斯比的事无疑是火上浇油。但是我得提醒你，尤斯塔斯并不是事事遂意。乔虽然没有勇气公开反叛他，但他用了更狡猾的手段，比他哥哥高明得多。一定程度上，尤斯塔斯是好应付的，如果你不怎么违抗他的话，比如对他卑躬屈膝，让他觉得你认为他就是救世主，从不公开反对他，那么当他欣然接受这种奉承时，一定程度上，你就可以随心所欲了。乔对这一点了解得很清楚。"

苏菲看起来既困惑又气愤："赫伯特，你怎么可以这样说？奈杰尔跟我们不一样，他不像我们这样了解乔。你把乔说得好像他只是你病人的内脏似的，太无情了。你还记得吗，他总是坐在奈杰尔现在坐的地方，玩得很开心，他曾经用水果和火柴棍做成滑稽小人儿，还假装自己的牙齿掉进了汤里。这——"

"治疗之前必须要诊断。"赫伯特生硬地说,"如果我们把他伪装成一个截然不同的人设,那可帮不了乔。"

……

奈杰尔到达警局时,探长正全神贯注地看着显微镜。

"来了,先生,你看看。你对此有什么看法?"

显微镜下方的玻璃片上正是图章戒指的碎片,奈杰尔久久地凝视着。

"像是个动物的图案,还有条尾巴。两边的垂直线是什么?热带风暴吗?"

"可能是花茎,或是玉米茎之类的东西。"

"嗯,可能是卧在麦田里的狮鹫或者是条狗,这个案子中有太多狗了吧。不过,这可能会有点帮助。对了,凯米森夫妇说他们从没见过乔·班尼特戴图章戒指。"

"但是他们可是他的朋友啊。"

"所以呢?"

"很明显了吧。"

"嗯,'福克瑟——我们尊敬的父亲,先生们。'"

"你说什么?"

"没什么,这句话来自查尔斯·狄更斯的《芳香时刻》。你考虑过我提出的那个大问题吗?"

"什么问题?"

"凶手为什么改变了计划？很明显他把一切都安排得像是场意外。假设凶手弄坏了应急铃，接着引诱班尼特进入冷藏室，并在他身后关上门。班尼特哪怕是把门敲得砰砰响，或是把嗓子喊哑，守夜人都不可能听到，因为房间是隔音的。就是因为这一点，才要安装应急铃。到了第二天早上，班尼特就会被冻死，他没有力气像上次被关的家伙那样整晚跑动维持热量。之后匿名信会出现，正好解释了他出现在啤酒厂的原因，或者信会被销毁，也许销毁对凶手来说会更安全，反正班尼特总是会在啤酒厂到处转悠。调查时会发现应急铃是坏的，要证明这不是场意外，几乎是不可能的。所以既然凶手有了这么一个绝妙的计划，为什么会改变计划，把班尼特扔进了煮沸锅？"

"很简单，先生。原因一定是凶手没有顺利地把受害者引诱进冷藏室，而是发生了打斗。班尼特可能把凶手也拉了进来，也可能是他大声呼喊，凶手怕被守夜人听到就决定拖他进来。不管怎样，他们打了一架，凶手把班尼特打晕了，在他身上留下了伤痕，这就毁了他要把整件事伪装成意外的想法。另外，我仍然认为凶手一定是对班尼特做了什么，并会暴露自己的身份，所以才把尸体扔进了煮沸锅。"

"没错，这一切似乎都很有道理。不过我得提醒你，班尼特身体上的伤痕，完全可以解释为是他疯狂地拍打冷藏室锁着的门导致的。不过，凶手可能会忽略这一点，因为他的原始计划出了差错，他肯定惊慌失措。但是班尼特身上能说明情况的伤痕到底是什么呢？"

"嗯，先生，假如他的计划出了差错，那么凶手可能会把一些酸，比如硫酸，泼向班尼特。这说明凶手是个什么样的人呢？"

"我想是个女人。"

"或者是个医生?"探长眼中露出狡黠而危险的神色。

"也许吧。"

"如果是这样的话,那班尼特的脸上就会留下硫酸烧灼的痕迹。或者假如凶手是左撇子,用左手击打留下的痕迹可以通过医学检测出来,那凶手的身份就暴露了。"

"精妙。呃,我还是更喜欢左撇子的设想,硫酸有点太夸张了。我们的嫌疑人中有左撇子吗?"

"我还没注意到,先生。我是今天才有这个想法的,不过我们很快就会知道了。"

"好吧,我该去见梅勒斯小姐了,再去打听点关于乔·班尼特的消息。有什么要我传达的吗?"

"你可以问问她,匿名信寄出的那天下午她在做什么,还有她拒绝向托沃西提供信息,究竟是什么意思?"

"好的,我努力完成。她电话多少?我最好打个电话,看看她在不在。"

奈杰尔接通了电话,女佣告诉他梅勒斯小姐4点钟会回来喝茶。于是,他就到镇上四处走走,享受着阳光,沉浸在酸橙和壁花的芳香中,以此来打发时间。修道院的钟声敲响4点的时候,奈杰尔正漫步在阿卡恰路,寻找着勒尼德——梅勒斯小姐的房子用这个名字似是不太适合。啊,找到了。再过去两扇门是一幢整洁的石屋,一楼的百叶窗关上了,楼上的也拉了下来,大概是乔·班尼特家。奈杰尔一时冲动，沿着石头铺就的小路走到屋后，从厨房的窗户看进去，一切都看起来井井有条，一尘不染，里面空无一人。

他掉转回来，走进勒尼德的大门。前门外挂着一个反光球，门楣上写着平庸的欢迎辞，是以烙画的形式写出来的。奈杰尔看到这儿就明白了，里面一定能看见一大堆艺术品。果然，客厅里摆满了混凝纸浆做成的物品、不专业的皮革制品、无趣的小雕像以及自制垫子之类的东西。客厅里还堂而皇之地摆着一幅梵高的花卉油画的仿制品。除此之外，再没有什么能展示出高尚志趣的东西了。哦，也不是，奈杰尔发现房间另一边的屏风后面藏着一张小桌子，上面放着几件银器。他走过去，这些东西非常漂亮，大概是传家宝：两个鼻烟壶、一个十字架、一个咖啡壶、一个名片盒，还有一个带着细长把手的微型象牙手，这是18世纪优雅的女士们在公共场合用来抓痒的东西。奈杰尔在窥探别人财物这方面从不退缩，他拿起一个鼻烟壶，咔哒一声把它打开，接着又拨弄起咖啡壶的盖子，然后又突然拿起鼻烟壶，仔细地看了看。鼻烟壶上有一个饰章———一只不知是什么品种的狗坐在玉米地里，看起来很凶猛，饰章下面有句铭文：永远忠诚。奈杰尔急忙弯下腰，看见咖啡壶和名片盒的上面都印着同样的饰章。他想都没想，就把鼻烟壶塞进了口袋。正在这时，梅勒斯小姐的声音从他身后传来："年轻人，你有把银器装进口袋的习惯吗？"

奈杰尔惊慌失措。

"我真——真的——非——非常抱歉，"他结结巴巴地说，"我并不是要那么做，但是我刚才在想其他事，不知怎么它——"

"它就到你口袋里去了,我知道。你刚才在想什么其他事呢?"

"好吧,"奈杰尔想,"都用突击战术,那就有得玩了。"他说:"我刚才在想,不知你有没有一只带有同样饰章的图章戒指。"

现在轮到梅勒斯小姐感到惊慌了。她的脸和脖子一片通红,脸上凝重的神色不见了,现出奇怪而扭曲的表情:

"戒指?我没有。我是说我以前有,但是很久之前已经把它送人了。"

奈杰尔没想到自己的问题问得这么好,大吃一惊,就跟梅勒斯小姐听到问题时一样惊讶。他孤注一掷地乱猜道:

"是送给了乔·班尼特吗?"

"乔——对——你是怎么知道的?他答应过我绝不——"她突然停下来,怀疑地打量着奈杰尔。

"绝不在公共场合戴吗?"他问。

她默默地点了点头。当他提到乔的名字时,她完全是一副受到背叛的表情,这让奈杰尔感到有点惭愧,也有点尴尬。梅勒斯小姐克制住自己,带着她以往亲切的态度说:

"你这个年轻人真是喜欢刨根问底。先是偷了我的银器,又要从我这里套出秘密。你是想为写小说搜集素材吗?"

"饶了我吧!"奈杰尔激动地喊道,"我也许是个小偷,但绝对不是小说家。"

梅勒斯小姐对他咧嘴一笑,发出尖利的笑声。

"这倒是件值得感激的事。所有的污秽和淫乱都是小说家创造出来的。不过，我认为你不是来讨论现代小说的。你想知道什么？这跟我的——班尼特的戒指有什么关系？是在什么地方找到它了吗？"

"嗯，是也不是。在一定程度上——是的。"

"胡言乱语！戒指要么就是找到了，要么就还没有。好好想想再说吧，年轻人。"

"我说的是真的。我的意思是，只找到了一小块戒指，戒指上图章的一小块。"

奈杰尔尽量说得流畅而直率，但梅勒斯小姐并不买账。她脸上又现出极不自然的表情，厉声问道：

"找到了？在哪儿找到的？"

"恐怕我现在还不能告诉你。不过，如果你能告诉我更多有关戒指和乔·班尼特的事，我会非常感激的。我知道我很鲁莽，但是——"

"你的意思是乔·班尼特涉嫌谋杀了他的哥哥，而警察想要你替他们干脏活？"

"乔只是嫌疑人之一，而你也是其中一个——"

"我？哦，天啊，斯特雷奇威先生——"

"至于'脏活'，你可能会发现，探长先生要比我干得好得多。"

"好了，年轻人，别生气。如果你害怕听到直白的话，那你就来错地方了。"

"我喜欢你说得直白一点，所以我才来问你有关乔的事。"

"好，我们都知道彼此的立场了。但是我告诉你，如果你认为乔杀了他那个坏透了的猪猡哥哥——虽然连上帝都知道尤斯塔斯实在是罪有应得，那么你就犯了有生以来最大的错误。"

"我真心希望如此。好了，现在你得告诉我——"

"乔从战场上回来后，我跟他成了朋友，后来我们就爱上了对方。那时候我还是漂亮的——是的，是的，你没必要客气了，我知道我现在已经是风烛残年了，毕竟我已经快50岁了。是的，我们之间是爱情，不是什么乱七八糟的东西——"梅勒斯小姐朝奈杰尔怒目而视，"我从不认为乔是个希腊神明一般的人物，或是集所有美德于一身的人，我永远不会这么想。但是我们相处得很好，一段时间后，我就向他求婚了，或者是他求的婚，我忘记了，反正我们决定结婚了。不过我有个条件，那就是乔得离开那个该死的啤酒厂。我并不是心胸狭窄之人，只是我的父亲因酗酒而死，我服侍他走完了人生最后一程。酒可以把一个好端端的人变得浑身酒气、成天哭哭啼啼、愁容满面，但凡你见过这样的事，你就会明白我为什么会提出，只要他还在做跟酒有关的事，我就不会嫁给他了。一开始乔还试图说服我，但我的态度很坚决，他要么接受，要么走人。最后，他决定离开酒厂，但是他没料到尤斯塔斯会那么坏。天知道尤斯塔斯是怎么控制住他的！乔一直都受他的控制，但是我以为，他会为了我鼓起勇气摆脱他的控制，他却没做到。就是这样。我永远也不会忘记，那天下午乔来找我，说他不能那么做。他当时脸色苍白，浑身发抖，为自己感到羞愧，他确实应该感到羞愧。天知道我怎么会爱——喜欢上这么一个意志薄弱的胆小鬼，但事实就是这样。我曾把我的戒指送给了乔，他恳求我让他留着它，我那时也有点多愁善感，就不忍心收回了。我告诉他，不允许他在公共场合戴这枚戒指，因为我不想被人当作梅登阿斯特伯里的笑柄。乔还说我们只要等一等，一切都会好起来的。乔身上一直都有米考伯先生[①]的影子，我很清楚。于是，我们成了最好的朋友。我甘心当一辈子老处女，但是可怜的乔总是喋喋不休，说要怀抱希望等待黎明的曙光。我猜你肯定想知道我为什么要把我这个老女人在少女时代的秘密告诉你，是吗？"

"嗯，我——"

"虽然你不是克拉克·盖博[②]，但你看起来很讨人喜欢。不过原因不是这个——你别自鸣得意。我猜你是在犯罪现场找到了乔的戒指，或者别的东西，但是相信我，你找错人了。如果乔要杀他哥哥的话，他早在尤斯塔斯干涉我们的时候就下手了，他不会等过了15年最好的时光再去做这件事。有道理吧？如果15年前他没想到割破那个坏蛋的喉咙，那么上周他肯定也不会。那个时候，也许还值得为了我去杀人，但是现在我已经不值钱了，我知道的。那该死的女孩怎么还不把茶端进来？"

梅勒斯小姐猛地拉了拉铃线，这是她感情的发泄口，给了她重新把情感隐藏起来的机会。女佣离开后，奈杰尔说：

"谢谢你告诉我这些。我同意你所说的，但不幸的是，乔似乎还

---

① 狄更斯在小说《大卫·科波菲尔》塑造出的人物，意指无远虑而老想走运的乐天派。

② 克拉克·盖博（1901年2月1日—1960年11月16日），出生于美国俄亥俄州，德裔美国电影男演员。

有其他可能的动机。"

梅勒斯小姐装作从容地掰开一块酥饼。

"其他的动机？我不相信。会是什么？"

"他继承了他哥哥的股份。"

"是的……是的，我想是的。我还没想到这一点。该死！斯特雷奇威先生，虽然乔是有缺点的，但他不会为了利益而杀人。"

"不——会，我敢说他不会的。"奈杰尔觉得不应当告诉梅勒斯小姐有关洛克斯比公司的事。但是她一定是觉察到他有事瞒着她，她说：

"你在想什么，年轻人？"

"我在想，"奈杰尔闪烁其辞，"如果你把你不想告诉托沃西警官的消息告诉我，会不会对乔有帮助。"

"吸尘器。"梅勒斯小姐停顿了一下，斩钉截铁地说。

"你说什么？"

"你真应该去卖那些玩意。你已经错过了适合自己的职业，现在你做的不过就是把善辩、卑劣的狡诈和无情的销售话术结合在一起罢了。"

"还有，我就像吸尘器一样，到处捡垃圾？"

"那个消息为什么会对乔有帮助？尤斯塔斯又不是那天下午被谋杀的。"

"出于我不能告诉你的原因，我们想知道，从他离开这里到抵达普尔汉普顿的这段时间，乔在干什么？"

"大概是在开车前往普尔汉普顿吧。"

"同意,但是当时他的精神状态如何?他是开心地、无忧无虑地去度假吗?还是焦虑不安、喜怒无常、沉默寡言,就像计划第二天晚上去谋杀的人那样?"

"不,一点也不。他很正常,我可以确——"

"你当时跟他在一起?"

"好吧,年轻人,好吧。你不必如此狂妄自大了,别以为你抓住我的把柄了,我之前就想告诉你了。乔那天让我陪他一段路,于是我跟他一起开车到奥尔敏斯特,就乘公交车回来了。如果你不相信,可以问司机。"

"你没有经过韦斯顿普莱尔斯?"

"韦斯顿——没有,那里已经离开大路了。而且,它比奥尔敏斯特更远。"

"乔在这里接了你,然后你跟他一起到了奥尔敏斯特。"

"不,不是在这里接的我,我和他是在蜂巢山见的面。"

"偶然碰到的?"

"不是,我告诉你了,我们提前安排好的。"

"乔开车时戴着戒指吗?"

"戴着的。"

"你为什么不把这些信息告诉托沃西?"

"那个人爱说闲话,我不想我的私事传得沸沸扬扬。"

"但是和老朋友一起开车去兜风也没什么不可以啊。"

"别傻了,当然可以,但是在梅登阿斯特伯里,传播流言不需要理由，只需要借口。"

"你在奥尔敏斯特等公共汽车等了多久？"

"大约一刻钟。我们大概2点45到达，公共汽车3点离开。"

"乔几点去接你的？"

"2点15分。"

"到奥尔敏斯特只有十多英里的路，你们开了半个小时？"

"又不赶时间，我们有很多话要说。"

"乔在你看来很正常吗？"

"当然了，我已经告诉过你一次了。他非常正常，我们谈论了出航之类的事情。"梅勒斯小姐非常生气。

奈杰尔尽力使她平静下来，然后感谢了她提供的茶点和信息后，就返回了凯米森家。趁他还记得这次面谈，他想看看这些信息是否能和这个案件关联上。于是他拿出一大张纸，用他那博学的小手在上面飞快地写了起来：

乔·班尼特

（1）谋杀尤斯塔斯的另一个动机是尤斯塔斯对他和梅勒斯小姐横加干涉。都15年了，按理说他对尤斯塔斯的仇恨应该已经冷却了，但是这取决于性格。有些人会立刻爆发，但有些人会郁积很久。洛克斯比的事情可能会把更为私人的动机煽动起来，把乔对他哥哥一辈子的压抑情绪煽动到顶点。

（2）我在冷藏室里找到的是乔的戒指碎片。这是案发当晚他在场的确凿证据，除非梅勒斯说乔戴着戒指外出度假这件事是撒谎。可是她为什么要撒谎呢？

（3）匿名信。如果梅勒斯的证据属实，那么乔有一刻钟的时间从奥尔敏斯特开到普尔汉普顿，总共是五英里半的路程（根据托沃西的时间表）。如果他开得快一点，他就有时间绕行四英里路开到韦斯顿普莱尔斯去寄信。泰勒会去核实到达和离开的时间。

（4）乔的精神状态。梅勒斯一口咬定他非常正常（也许是有太多精力了？）。不过，开车出行这件事不是很奇怪吗？据梅勒斯所说，她和乔不想传绯闻，但是他俩在假期一开始就共同出行,不就是最好的八卦素材吗？虽然梅勒斯不久就回来了，但是这并不能堵上传播丑闻的人的嘴，只不过又给他们增加了些让人臆想的趣事罢了。他们虽然采取了措施不被人发现——他们是在城外见面的，但是乔在整个郡都很有名，估计梅勒斯也一样，所以他们很容易被人发现一起出行。这对他们来说无疑就是冒险吧？那么一定有什么事值得他们这样冒险。是为了什么呢？答案很明显：(a)乔计划要杀尤斯塔斯，来见梅勒斯是为了给自己打强心针，另外也是以防自己被抓捕先来道别；(b)所有这些再加上梅勒斯，都是为寄匿名信作不在场证明（如果是这样的话,那一定是失败了);(c)乔和梅勒斯是同谋，利用这个机会讨论作案细节。但是如果是后两种情况,那乔在匿名信这件事上,为什么没有更好的不在场证明呢?

奈杰尔坐了回去,又读了一遍他写的笔记。有几点凸显出来,让人想到一种完全不同的模式,一种最出人意料、也是最阴险的模式。他又拿出一张纸,写道:

阿丽雅德妮·梅勒斯

(1)案发当晚没有不在场证明。女佣在外过夜。这说明她可能是无辜的,但也可能是虚张声势。

(2)有足够的体力把班尼特摔倒,并把他扔进煮沸锅。

(3)很可能从乔那里获得足够的信息来写匿名信,并且她很熟悉啤酒厂的环境。可是她有那么专业的本事把应急铃搞坏吗?(从她家里的手工艺品来看,她的手很灵巧。)主要的困难是,她如何向尤斯塔斯解释她出现在啤酒厂的事呢?这几乎是没办法解释的。先不考虑这个了。乔也许告诉了她有关洛克斯比公司的事,所以她偷了洛克斯比的信函以转移别人对她的怀疑。但是这样的话,怀疑就转到了乔身上。她肯定不想要这样吧?——见(5)

(4)动机。动机很强烈。(a)她对饮酒的恐惧——父亲酗酒而死对女儿的影响是不可估量的。杀了尤斯塔斯,对她来说就是一石二鸟。乔可以就此摆脱哥哥的影响,从而放弃这个行业。

（b）由于尤斯塔斯对乔的控制，她对尤斯塔斯产生了个人仇恨，这仇恨在她这样一个专横的女人身上会更加强烈。（c）尤斯塔斯死了，乔就可以娶她……

（5）有没有可能是她杀了尤斯塔斯，又试图嫁祸给乔？如果是这样的话，要么是她害怕了，要么就是源于潜意识里对乔的憎恨，因为他的软弱，她被剥夺了成为妻子和母亲的权利。虽然听起来有点不可思议，但是可以解释这几点：（a）她很乐意告诉我关于戒指的事。注意，我只有她一个人的证词证明戒指是乔的。我第一次提到戒指时，她表现出来的困惑可能不是出于害羞，而是因为突然意识到我们发现了她去过冷藏室。因此，可能整个给乔戒指的故事就是她瞎编的。（注意：要询问普尔汉普顿酒店的服务生，乔有没有戴戒指。）（b）梅勒斯承认对尤斯塔斯有敌意，这是天真还是狡猾？（c）她还对乔表现出一定程度的蔑视。（d）"我永远也不会忘记，那天下午乔来找我，说他不能那么做。他当时脸色苍白，浑身发抖"，她这样说，是在含蓄地让我认识到乔是个潜在的凶手吗？（e）她还说过，"我的——班尼特先生的戒指是怎么回事？"如果这枚戒指在乔的手里这么多年，她还会一开口就说"我的戒指"吗？也是有可能的。这一点可以忽略不计。（f）她断言乔在开车的过程中非常正常，这可能是故意过分强调，以便让我怀疑她隐瞒了乔不正常的事实。

（6）匿名信。很明显，她为此给出了类似于不在场证明的申辩。

2点45分,她在奥尔敏斯特下车,那她就没有时间在公共汽车发车前往返韦斯顿普莱尔斯,除非她又租了一辆车,可这就太危险了。如果这封信是她写的,那一定是通过这两种方式寄出的:(a)她让乔在去普尔汉普顿的路上把信寄到韦斯顿普莱尔斯(可是后者并不在必经之路上,因此,除非他俩是同谋,否则梅勒斯无法给出合理的理由,来解释她为什么不从奥尔敏斯特寄信。还有,他肯定会在信封上看到尤斯塔斯的名字,这对梅勒斯是致命的。(b)乔和梅勒斯绕了路,在到奥尔敏斯特之前把信寄了出去,这就解释了他们的行程为什么花了那么多时间。

奈杰尔带着厌恶的表情研读着这些内容,他觉得这些太沉闷,太理论化了。唯一有利的是,它会给警察在奥尔敏斯特地区的调查提供方向。20分钟后,他又拿出了第三张纸,慢慢地写道:

(1)乔·班尼特。目前为止最好的切入点。
(2)乔和梅勒斯小姐之间的勾结。这是有可能的。但是,如果他们真的是同谋,他们肯定能为匿名信的事想出更好的不在场证明。目前为止只有两种解释:要么是故意让这个不在场证明立不住脚,要么就是梅勒斯失去了理智。
(3)梅勒斯小姐。极有可能是个局外人。

第十一章

7月20日上午8:00—11:30

在黑暗中摸索的人,之后就不会这么做了。

——英国谚语

奈杰尔一边喝着早茶,一边想:"这个案子根本不是我的菜,它太怪诞了,虽然让人兴奋,但也让人困惑,都怪尤斯塔斯的尸骨不给力。这个案子一开始还比较合理,但现在已经极度不合常规了。警察会收集更多的证据,验证每一个不在场证明,进行大量的推理。最后,有人会站出来说,他们看见X在凶杀案当晚从啤酒厂出来,身上还滴着血。谋杀案往往就是这样破案的。要不然就是，几天后，警察局长无能为力，只好汇报给伦敦总局，上面派个聪明人过来，也许能发现罪犯的身份，却没有足够的证据进行起诉，而嫌疑犯的名单上又会多一个人，继续把这群百思不得其解的警察逗得团团转。即便这样，我也不会懊悔。因为尤斯塔斯·班尼特是个骗子，也是个危险人物，还是个混蛋。没有他我们会过得很好，这个案子没有我也能顺利进行。"

毫无疑问，事情最后会朝这个方向发展。警察尽全力要让凶手作茧自缚，所以调查注定漫长而乏味。但有件事很有趣，一个小时后奈杰尔就会发现，其实凶手很着急。如果有勇气的话，大多数谋杀犯的杀手锏就是坐着不动，什么也不说，这个凶手却不同，他迫切需要赶紧逃脱。每一分钟对他来说都很宝贵，事后谁也不能否认，他的行动既熟练又迅速，而且正是犯罪的条件无情地给罪犯设了套，让他掉了进去。奈杰尔想，这真是复仇之神的一场巧妙而经典的演出，却没给他自己和其他人带来荣誉。他唯一的功劳是在周一晚上的 9 点 10 分，发现了凶手的身份，但这纯粹是他表面的成功，因为无论如何，凶手注定要在几个小时后落网。

上午 8 点 27 分，奈杰尔第一次发觉事件有了加速发展的迹象。电话铃响了，奈杰尔被叫来接了电话，电话那头传来探长的咆哮声：

"斯特雷奇威先生吗？我是泰勒，从啤酒厂打来的。昨晚这里有麻烦，守夜人在厂房撞见一个人，但没抓到他。洛克立刻给我们打了电话，我们也马上进行了搜索，但什么都没找到。我们现在正在做进一步的彻底搜查。如果你愿意让我受益于你的合作——"

泰勒探长总爱出其不意地说出这样生硬的话,不然的话,奈杰尔可能会怀疑他这是暗讽呢。不过,探长的声音听起来非常烦躁,奈杰尔琢磨,也许是因为没有监视好啤酒厂,很生自己的气,又把气撒在了可怜的下属身上。可是没有人会想得到——

"好的,"他说,"我一刻钟后就到。"

他花了十分钟就吃完了早餐。赫伯特说,他很想知道还有谁能在这么短的时间吃下这么丰盛的早餐。接着奈杰尔用了五分钟就到了啤酒厂。探长的工作做得非常出色,似乎到处都是警察,打听的打听,问问题的问问题,哪怕只是站着不动,都露着怀疑的神色。员工们也都受到了令人激动的氛围的影响,他们断断续续地工作着,时而干得热火朝天,时而停下来低声交谈几句,偷看上几眼。只有在装瓶流水线上工作的女孩儿们,在机械的、牵线木偶般的程序中,毫不间断地照管着杠杆和传送带。

"就像过去一样,"巴恩斯先生经过装瓶间,遇到了奈杰尔,"自从老板死后,就没见过她们这样努力地工作。嗯,好吧,也算是因祸得福吧。先生,是什么让您大驾光临呢?"

"是凶手。"

巴恩斯先生扬起眉毛,抵在苍白而宽阔的额头上。

"如果我没弄错的话,你的意思是说,昨晚洛克在这里遇到的那个家伙就是凶手本人,他胆子可真够大的。好吧,我听说凶手事后总是会回到犯罪现场,是真的?"

"嗯。当然了,如果凶手是这里的员工,那么他就很有可能会回到犯罪现场。那家伙整天被警察盯着，真够烦的，你说呢？"

"警察？哦，我明白了。我还以为你指的是我们尊敬的泰勒探长。"首席酿酒师本来想笑，但却露出扭曲的痛苦表情，"你这句话提醒了我。今天上午千万别跟泰勒开玩笑，他今天很生气，如鲠在喉，刚才又在跟我唠叨有关加压煮沸锅的事，我就幽默而友好地说了句'今早啤酒厂已经有太多警察了'[①]。没想到，我这句话可把他惹恼了。应该有人给他设计一个安全阀，否则他总有一天要大发雷霆的。"

"天啊，那可不行。他现在在哪儿？"

"在我们老板的房间。"

奈杰尔一走到尤斯塔斯·班尼特的房门外，就听见探长恼怒而暴躁的声音。

"你他妈以为我把你安排在酒厂门口是干什么的？你先是任由这个家伙进来，然后又放任他逃了出去！"

"可是我不能同时出现在两个地方，先生。"一个阴沉的声音回答道。

"你还狡辩！我猜你是睡着了吧，嗯？"

"没有，先生。"

奈杰尔认为是时候有人来平息这场风波了，于是就走了进去。

"哦，你总算来了。"探长不礼貌地说，"这个该死的傻瓜，"他把头转向立正站在桌旁的巡警，那年轻人满脸通红，汗流浃背，"让凶

[①] 译者按：双关，煮沸锅和警察在英语中是同一个词。

手从指缝里溜走了。"

奈杰尔了解到这个巡警早上在大门口站岗,大约12点45分的时候他听到酒厂里面传来喊叫声,于是就冲了进去,遇见了守夜人正在全力追赶不速之客,只是那个闯入者不知怎么已经不见了。巡警发誓说那个人没从他身边经过,洛克也信誓旦旦地说那人是往大门方向逃走的。

"那家伙到底是怎么进来的?"奈杰尔问。

这个问题就问得有点笨了。因为很明显,如果闯入者不是从高墙上爬进来的,就一定是从莱杰特路上的边门进来的。不过,高墙上没有留下爬墙的痕迹,而边门则无人守卫。

"我怎么知道他竟然会回到酒厂来?"探长抱怨道,"哎呀,把帕尔默安排在大门口只是一种形式而已。"

"谁有边门的钥匙?"

"班尼特先生有一把。乔·班尼特、巴恩斯先生和艾德·帕森斯也各有一把。不过任何有心人看见了,都有可能会复制一把。"

"或者有人结束了一天的工作后,可能会留在啤酒厂躲起来,然后在办公室里偷了万能钥匙。"

"万能钥匙没有丢。"探长酸溜溜地回了句,"再说了,如果这个家伙躲了起来,为什么要等这么久才做他想做的事呢?"

"确实如此,不过他想做什么呢?销毁证据?"

"我觉得是。洛克就是在这个房间外的走廊上发现了那个家伙,但是这个房间和乔·班尼特的房间没有任何失窃的迹象。洛克认为可能是那家伙还没开始行动,他就吓退了他,我觉得是有可能的。更让我担心的是,我想不出有什么证据是凶手想要毁掉的。几天前,我们仔细搜查过这些房间和这个办公室,如果有什么,我们早就发现了——"

"一定是些表面上看不出有罪的东西,但凶手知道这会对他构成威胁。"奈杰尔打了个响指,兴奋地继续说着,"听着,这肯定和尤斯塔斯家被盗有关。假设尤斯塔斯有些可以确定凶手身份的东西,比如信件,于是凶手洗劫了他的书房,但什么都没找到,为了混淆视听,就偷走了洛克斯比的信函。接着第二天晚上,他来到啤酒厂,希望能在尤斯塔斯的办公室里找到他想要的东西。"

"这个推断不错,但会是什么证据呢?这里没有任何与谋杀案有关的线索,只有业务文档。"

"也许有个秘密抽屉,或是密室,或者诸如此类的东西。"

"我告诉过你了。我们已经搜过这个房间了,先生。既然我们搜查过,就一定会搜彻底。"探长显然很委屈。

"我相信你做到了。好吧,我想和洛克谈谈,他还在吗?"

"我去叫他来。"

几分钟后,洛克迈着生硬的军人般的步伐走了进来。奈杰尔让他重复一下昨晚发生的事情。

"事情是这样的,先生。我当时完成了午夜时分的巡查,正坐在靠近正门的小房间里休息。过了一会儿,不知怎么,我好像听到了些异常的声音。"

"是什么样的声音？"

"当时我没把它和任何事情联系起来，所以某种意义上说，我就什么都没听到。不过我记得确实有个什么声音，就好像你在忙着某件事情的时候，是听不到外面行驶的车辆的，但却听到了——"

"潜意识里听到的？"

"确实是这样，先生。之后我就一直在想，我猜应该是旋转门关上的声音，就是那种靠空气压缩工作的门。不管怎样，我就沿着印象中声音传来的路走了一遍，当时是12点45分。"

"开灯了吗？"

"上帝保佑，我没有开灯。我像鼹鼠一样，在黑暗中也认识路。当然，我带了手电筒，但是我不想用，我怕它会把我的位置泄露给敌人。这是真正的夜袭，我想突然出现在那家伙面前。我悄无声息地上了楼，就在我走到走廊一头的拐角处时，我看见有个人站在班尼特的房门外。当时正好有光从上方的天窗透进来，不是你们想的那么亮，但也不像楼梯那儿那么暗，只够我看清个轮廓。于是我按了手电筒的开关，当时我贴着墙站着，按钮也有点僵硬，所以我把手电筒抵在墙上，过了一秒钟，灯才亮起来。可是那家伙听到了声音，这给了他时间绕过拐角逃走了。他跑得像闪电那样快，或者换句话说，他一溜烟就不见了。我跟着他，以为他一定会从前门跑出去，但似乎并没有。"

"你没听到他逃跑的声音吗？"

"没有。你也知道，这条走廊很长，等我到达走廊另一头的时候，他已经没影儿了。不过，他穿的一定是胶底鞋，否则我就会听到他下楼的声音了。"

"你看见那个人站在门外，是班尼特先生的门外吗？"

"不确定。我猜是尤斯塔斯先生的。我也不知道。"

"我们稍后再讨论这个问题。你能再说说那个人影的详细情况吗？身高？体形？性别？"

"不能，先生。我就只是看了那么一秒钟，我感觉那人影向前弯着身子，好像是在摸索钥匙孔。那一瞬间我还以为是鬼呢。"

"也许就是鬼。"探长不耐烦地说，"我倒是觉得整件事是你想象出来的。"

"不是的，先生。那的确是个人，我能告诉你的仅此而已。除非你想让我想象一些我没看到的细节。"他一本正经地补充道。

"你能把手电筒拿来吗？"奈杰尔问。

"拿手电筒干什么？"洛克去拿手电筒时，探长疑惑地问。

"做个光学实验——如果我用的词没错的话。"

洛克回来了。奈杰尔检查了下手电筒，发现按钮确实是僵硬的。他让洛克站在走廊的一端，就是昨晚他去过的地方，而他自己则站在尤斯塔斯·班尼特的房门外。

"现在，"他说，"把眼睛闭上，数到十，然后把手电筒抵到墙上，再拨动开关，就像你昨晚做的那样。等你知道手电筒亮了的时候，就睁开眼睛。"

奈杰尔朝房门探着身体，他一听到手电筒碰到墙的声音，稍作停顿就奔向拐角。

"不行，先生，我看见你了！"洛克喊道。他现在明白这个实验的目的了。他们又重复了几次，洛克故意在睁开眼睛之前，花了更长的时间打开手电筒。但是每一次奈杰尔还没转过拐角，他就看到了他。

"这就证明，那家伙并不是要进入尤斯塔斯的房间。现在我们试试乔的房间。"

乔·班尼特的房门离走廊尽头只有一码远，比在同侧的尤斯塔斯的房间更近。第二组实验有了不同的结果。第一次，洛克在奈杰尔转弯前看见了他；第二次他只看见了他外套的下摆，第三次则什么都没看到。

"那就是了。"奈杰尔说，"合理的证据表明，你看见的那个人想进的是乔·班尼特的房间。"

"或者是刚出来。"一直在旁观的探长说。

"现在我们得把乔的房间翻个底朝天，里面一定有什么东西。我觉得凶手没有时间拿走那个东西。像洛克这样受过训练的守夜人，一旦潜意识里注意到某个声音，很快就会关注这个声音，管它是旋转门的声音还是其他什么。洛克的反应时间大概是十到三十秒钟。但即便是一分钟，或两三分钟，闯入者也没有足够的时间可以打开抽屉或是保险柜，拿到他来取的东西。而且，显然他并不知道他要找的东西在哪里，否则前一天晚上也不会浪费时间到尤斯塔斯家里去行窃了。"

探长露出诡诈的表情："假如闯入者是乔·班尼特本人，他去他哥哥家偷窃就是为了拿到洛克斯比的文件，而他在这里的房间里还有他需要的其他东西。他能很快就找到它，而且，他是最有可能有自己房间钥匙的人。"

"是的,确实如此。不过我不明白他为什么不在同一天晚上溜进尤斯塔斯的书房和他自己的房间。难道他规定自己每 24 小时才做一次黑暗行动?这也太古怪了。我们最后再试一次解决这个难题。"

他们走进乔·班尼特的房间,里面有一个保险柜、一张桌子、一个档案柜、一张破旧的毯子、一张酒厂员工外出的照片、一幅画着加内号的铅笔画,还有几把椅子。

"今天早上你搜查过这个房间吗?"奈杰尔问。

"搜过了。"

"查看灰尘了吗?"

"没用的,先生。我们第一次搜查时在灰尘上留下太多痕迹了,这次找不到新的了,没有新的指纹。"

奈杰尔随手打开了书桌的一个抽屉,里面什么都没有,只有《喧闹》和《电影乐趣》[①]两本书刊。他连忙关上了,喃喃道:

"啧啧,没想到他还好这口。这些倒是有启迪作用,但不那么合适。"

他把手伸进信函分拣台里,从里面翻出本护照来。

他漫不经心地翻看着,护照上面的照片是一副放荡不羁的样子:"约瑟夫·班尼特。年龄:48。身高:五英尺八英寸。金发。留着胡子等等。去年去过法国和瑞士。"奈杰尔又开始到处搜查。他突然僵

[①] 《Film Fun》创刊于默片时代(1915 年),是当时影响力最大、寿命最长的电影杂志之一。

住了,激动地大喊了一声:

"哎呀!"

"怎么了?你被黄蜂蛰了,先生?"

"不关黄蜂的事,我突然有了个想法。是啊,为什么不呢?乔想出国,想拿到他的护照,所有这些都符合常理。我这想法怎样?"

探长抓了抓下巴:"嗯,有点道理。但是,如果他计划杀了尤斯塔斯,然后离开这个国家,他肯定不会忘记随身带着护照吧?"

"是啊。但是假如出航这件事就是为了制造不在场证明,而它出了很大的问题。他可能计划过段时间就出现在梅登阿斯特伯里,说:'哎呀,我到了法尔茅斯才听说我哥哥死了'或者类似的话;也可能出于某种原因,他的计划失败了,他意识到命运捉弄了他,所以他很有可能头脑发昏,在准备逃跑的路上来拿他的护照。"

"很有可能。好了,这个假设也许可以给我们点事情做了。"

"有点事情做?是有很多事情要做。你没看见吗,他现在急得要命。他还会回来拿护照的,他必须要拿到,那么我们就可以抓到他了。"

"我们要乐观点。你要知道不管他去了法国哪里,我们都能逮捕他。"

"他还不知道我们已经知道他要找的是护照。他不会以为我们已经怀疑到他,以至于要去提醒法国警方。他以为我们还在绕着圈子找他的那艘游艇呢。"

"有道理,但是他躲在哪里呢?这是我目前想知道的。如果这些入室偷窃的事真是他干的,那他肯定离得不远。"

"也许他住在皇家酒店，伪装成了维塞克斯神父。"

"我还叫温斯顿·丘吉尔呢。"探长蛮横地反驳道。

奈杰尔低头看了看自己的鞋带，然后走去壁炉架前，把自己的烟在烟灰缸里掐灭了。他注意到烟灰缸上印了广告，上面印着"城堡牌矿泉水"。

"英国人的家就是他的城堡。"奈杰尔喃喃道。然后用极弱的声音说："泰勒，乔·班尼特不会躲在自己的家里吧？"

"他自己的家里！什么？你是觉得他疯了吗？"探长几乎叫了起来。

"不，他也许比我们想得更聪明。你们搜过他家吗？"

探长的目光从奈杰尔身上移开了，看起来很不自在。"搜他家？没有，先生。我们没有必要这么做，我是说，我们不可能假设——这太荒唐了，"他气势汹汹地说，"当然了，周六早上我们为了找到些线索，好了解他目前的行踪，搜查过他的书房和卧室。不过我们没有进行彻底搜查，没有拆地板、敲墙或者做些乱七八糟的事。搜查结束后，我们认为他不可能是凶手。"

"有点伦敦老警察的风范！"奈杰尔自言自语地说。然后他又大声说道："好吧，我想现在应该仔细地搜查一下了，你觉得呢？"

探长勉强承认了这一点，他不喜欢被人抓住纰漏。为了掩饰情绪，让自己安心，他首先对办公室进行了仔细搜查，他把每份文件都拿出来，仔细读过后交给奈杰尔。就是这样，他们有了这天早上的第二个发现。在一个抽屉里，放着一些私人信件、几张看过的舞蹈节目单、团宴的菜单，还有一些强劲薄荷糖，他们还发现了一份正式签署并作了见证的文件,乔·班尼特会在他死后把所有财产遗赠给阿丽雅德妮·梅勒斯。

"哦,天啊!"奈杰尔叫了出来,"这真的是最不按常理出牌的案子了。一开始我们一点线索都没有,现在线索像秋叶一样向我们倾泻下来,全都指向不同的方向,我看更像是女巫的叶子。"

"在你告诉我你跟梅勒斯小姐的谈话内容后,我觉得这个线索可能很重要。"

"嗯,给我们打开了各种思路,比如,梅勒斯可能有计划杀乔和尤斯塔斯,动机就是掌控啤酒厂并关掉它,这对酒类贸易将是个沉重的打击;可是后来她害怕了,就决定拿到这份有损名誉的遗嘱并毁了它,或者留着它,一直到事情平息。或者她跟乔是同谋,可能会把乔藏在自己的家里。他们两人中有个人杀了尤斯塔斯,后来乔怕了,梅勒斯不得不杀人灭口——我真想不通,麦克白在晚宴上发表令人难堪的言论时,麦克白夫人为什么不给她丈夫的咖啡里放点东西毒死他。仔细想想,麦克白夫妇和乔以及梅勒斯小姐在表面上有很多相似之处。为了保护自己,她杀了乔,她来找遗嘱也是出于同样的原因。这种情况可能会有很多种排列组合。"

"很有可能。"探长冷冷地说,"不过我现在对算术不感兴趣。我们得查明梅勒斯小姐昨晚待在哪里,然后去乔·班尼特家看看。"

梅勒斯小姐不在家。女佣早上没看见她,不过梅勒斯小姐总是自己做早饭,自己收拾餐盘,经常在她到之前就出门了。他们正要离开,那女孩说了一个爆炸性的消息。刚才奈杰尔在一旁对探长说,女佣晚饭后就回家了，所以肯定不知道女主人晚上的行踪。女佣无意中听到了，眼中露出狡黠的神色。她说，今天早上她隔着花园篱笆和在隔壁工作的朋友爱丽丝聊天来着。爱丽丝告诉她，昨晚不到12点的时候，她在门口跟儿子告别，他们看见梅勒斯小姐神神秘秘地从家里出来，急匆匆地沿路离开了。朝哪个方向走的？女佣指了指。啊，奈杰尔想，那是经过乔·班尼特家，通往啤酒厂的方向，这真是得来全不费工夫。探长知道乔·班尼特外出度假时，会把家里的钥匙交给梅勒斯小姐保管，他上次搜查时就是从这里借的，于是就让女佣去取。过了几分钟，她回来了，一脸迷惑。她说钥匙不在他们通常挂的钩子上了，可是昨晚上还挂在那里，她昨晚碰巧注意到了。这可真是个有趣的进展。

　　探长跟她道了谢，问她借用了电话，就给总部打电话去了。他立刻安排了几个人过来，其中两个守在乔·班尼特家的后面，另一个拿了万能钥匙去开门，第四个人守在前门。与此同时，他和奈杰尔在梅勒斯家的门廊上等着。过了六分钟，两个便衣警察走过，发出暗号，意思是房子后面已经埋伏好了，探长和奈杰尔随后跟上他们，其中一个便衣留在班尼特的门口，另一个与探长和奈杰尔一起走上了干净的石板路。这座房子似乎异常寂静，紧闭的百叶窗给它平添了神秘感。奈杰尔想，在那隐蔽而空洞的窗页后面，会不会藏着一个疯子，或者是一个绝望的凶手？在经过了焦虑、孤立而危险的三天后，紧张得一触即发，现在走投无路，随时准备破门而出？一想到他还没见过这个他们费尽周折终于要捉到的人，他就有点不自在。真不敢相信，他居然这么冷静，一直待在自己家里。

咔哒一声，门开了。探长从他下属身边挤过去，走进黑暗的大厅。奈杰尔跟在他身后，本能地伸出手做好防备，想要挡住黑暗中可能的突袭。但是没有突袭，也没有声音，只有他们自己踩在石头地板上发出的刺耳的回声。餐厅里空无一人，客厅也没人。家具都覆盖着白色的防尘罩。探长把这些罩子一个一个地掀开。厨房里是空的，地下室也是空的。每一个橱柜，每一条缝隙都找遍了。他们一句话也没说。奈杰尔想，这太奇怪了。房子里有种压抑的气氛，让他们说不出话来，哪怕是窃窃私语也不行。他们上了楼。一间、两间、三间卧室，全都空无一人。走廊的尽头有一个较小的房间，是乔的私人房间。房间里有幅运动版画挂在墙上，一张书桌、放在角落的钓鱼竿和高尔夫球杆、一块玩硬币游戏的板子、面对壁炉放着把很高的扶手椅，椅背对着他们，也罩着防尘罩。探长不假思索地走过去，一把揭开了罩子，他倒抽一口冷气，这把扶手椅是房子里唯一不空的东西：阿丽雅德妮·梅勒斯坐在那里，头被打得稀烂。

有那么几秒钟，这三人在那里呆站着，被这个发现惊得目瞪口呆。然后，奈杰尔低声说：

"要证明一个人的清白，这代价也太大了吧。"

这句话似乎让探长缓过神来，他拼命地工作起来。凶手已经不可能还呆在房子里了，但是探长还是派下属去搜查浴室、盥洗室、衣柜以及任何有可能待的地方，他自己则打电话寻求帮助。奈杰尔看了看倒在椅子里的那个可怕的东西，又看了看炉栅里那根血迹斑斑的拨火棍。地板上有个破碎的手电筒，壁炉和桌子之间有一片片的血迹。梅勒斯小姐一定是进了房间后，惊吓到了凶手（或者他早已经埋伏好在等她），就毫无预兆地被残忍杀害了。哪怕她来得及发出一声尖叫，隔壁的人肯定会听到并报警的。奈杰尔非常难受，他意识到自己对此负有间接的责任。昨天傍晚和梅勒斯小姐面谈时，他把乔·班尼特受到很大怀疑的事说得太清楚了，所以她昨晚才会过来，肯定是要找看乔是否留下了对他不利的证据，如果有必要就销毁。"永远忠诚"是这个粗俗、幽默又不幸的女人的家族箴言，她做到了，并且为此而死。在谋杀尤斯塔斯这件事上，如果她是乔的帮凶，那乔一定会杀了她，因为作为帮凶，她一定知道他的藏身之处，而且他也知道她会去那里找他。但是，如果乔是唯一的凶手，那么昨晚在黑暗中，他肯定是因为极度恐慌才袭击了她，根本不知道她是谁。

不过，除了在冷藏室里发现的图章戒指碎片外，还没有确凿的证据证明是乔杀死了尤斯塔斯。也有可能是其他人——真正的凶手拿到了这枚戒指，或是仿制了一个，并且留下线索，暗示乔是凶手。另一方面，如果乔不是凶手，那他昨晚在这里做什么？奈杰尔打了个响指。明白了！制造更多的假证据。好了，这就对了。我们以为是乔杀了他的哥哥，然后藏在这里。但是如果在这里待了三天，肯定会留下一些生活的迹象，可我们什么迹象都没有发现。不过，这样有利有弊。如果凶手想让我们认为乔就是凶手，一直躲在这里，他肯定会伪造些证据来证明这一点。也许他还没来得及做，梅勒斯小姐就发现了他。但是他不可能知道警察直到今天才对这座房子进行彻底搜查。也许还有些证据，不管是伪造的还是真实的，我们尚未发现。该死的！这座房子唯一的钥匙在梅勒斯小姐那里，那该怎样来栽赃证据呢？其他人还有钥匙吗？前门也一定要有钥匙才能打开。那就只可能是乔·班尼特有钥匙了。不过，我觉得也有可能是某个人留了钥匙印痕，拿去做了一把。如此看来，探长有更多的工作要做了。可能他们在处理完这些后，会给警察总局打个电话。

奈杰尔陷入沉思，不知不觉走到了走廊里。他点了一支烟，心不在焉地把火柴扔到了地毯上。这让他想起了苏菲·凯米森，她曾经对他的邋遢提出了批评。于是他弯腰去捡火柴，这时他看到厚厚的地毯上有个模糊的圆形凹痕。顺着看过去，他又看到另外三个。显然，最近曾有人放了把椅子在这里，并且站在椅子上，这是最合理的解释了。奈杰尔把探长派去搜查房子其他地方的警察叫了过来：

"你刚才在这里站在椅子上了吗？"

"椅子？没有，先生。还没搜查到这个走廊。"

"好，那一定是凶手。给我拿把椅子过来，不要在上面留下你的指纹。"

奈杰尔把椅子腿放在压痕处。正合适。

"嗯，一定是这把或是类似的椅子。把房子里所有这种尺寸和腿型的椅子都找出来，让他们取验指纹。"

他脱下外套，把它铺在座位上，然后小心翼翼地爬了上去。过道的天花板离他的头只有一英尺了，上面贴着和墙一样花哨的壁纸。从奈杰尔的有利位置看过去，他看见了壁纸上有个正方形的轮廓。这是个活板门！他垫着手绢轻轻往上一推，门开了。他刚想把头伸进去，才意识到这可能不仅仅是个活板门，而更像是一个近在咫尺的陷阱。

凶手有可能躲在上面的屋顶下面，紧张得一触即发，走投无路了！出于不由自主的恐惧，奈杰尔闭了一下眼睛，随即又睁了开来。他再次打开了那扇门，探进头去环顾四周，里面空无一人。他艰难地穿过小门，爬了上去。阁楼的托梁上有一半多的地方都铺了木板。木板上放着一些零碎的东西：几个箱子、一罐油漆、一个剪贴簿。他对这些东西并不在意，反倒是一叠毯子和铺在旁边的垫子吸引了他的目光。这些至少可以作为证据，证明凶手一直藏在这里。不，这不能证明什么，这些也许只是伪造的证据，是极其狡猾而自信的人伪造的。奈杰尔仔细检查了那叠寝具，垫子上弥漫着淡淡的男士润发油的气味。奈杰尔想起了在尤斯塔斯家看见的乔·班尼特的照片，照片上的他有着乱蓬蓬的头发。他从口袋里拿出一个放大镜，仔细查看着垫子，上面粘着一两根头发，他把它们放进信封。接着他注意到木板缝里有些面包屑，他拿起镊子，小心翼翼地把它们摘取下来，放进另一个信封。他把这些拿到亮处下仔细查看，有一些还是软的，有些闻起来——这是什么味道？——啊，是香菜籽的味道。

接着，奈杰尔把那些箱子翻了个底朝天。他有了最后一个也是最可怕的发现：在一个破损的手提箱内衬里面，他发现了一块手帕，上面溅满了新鲜的血迹。凶手当时应该是用这块手帕裹着拨火棍的手柄，所以拨火棍上没有指纹。奈杰尔展开这块皱巴巴的亚麻布材质的正方形手帕，一只角上印着姓名的两个首字母，J.B.[①]

[①] 乔·班尼特的首字母。

第十二章

7月20日 上午11:30—下午5:15

他用骨瘦如柴的手握住他,

"有一艘船。"他说。

——柯勒律治《老水手之歌》

医学检查证实了一个不证自明的事实：梅勒斯小姐是大约午夜时分死亡的，凶器是放在炉栅里的拨火棍。她是被人从正面击倒的，这就表明凶手在她进入房间之前就已经在那里了，但是这一点还没证实。探长是这样解读的，但是奈杰尔认为可以用另一种方式解释：正面袭击可能是因为梅勒斯小姐认识凶手，并且信任他，否则他就不会冒着被她看见的危险，走到她的手电筒能照到的地方了。跟往常一样，赫伯特客观而准确地说，他粗略检查了一下，发现受害者是被一击致命的。凶手使用右手出击，而且在知道她已经死了的情况下，还持续长时间地对她进行疯狂的攻击，这是非常凶残的犯罪行为。

奈杰尔想，这是出于恐慌还是仇恨？如果是因为恐慌，那么乔·班尼特就最有可能是他们要找的凶手。如果是因为仇恨，凶手可能就是那个神秘而极其聪明的未被证实的X，他有着如此高超的辨别力，轻松而不着痕迹地就散布了对乔不利的虚假证据。泰勒探长看了阁楼里的东西后，毫不犹豫地认可了奈杰尔的看法。对他来说，现在唯一要做的就是去申请一张对乔·班尼特的逮捕令，并且找到他。他会在全英国发布说明，每个港口的警察都会收到警示，禁止乔登船前往国外，做到这些只需要几天的时间，也可能几个小时就够了。在他重新获得护照之前，他是无法离开英国的。

房子里有三组不同的指纹：一组是梅勒斯小姐的；第二组是乔离开的那天下午，给他打扫房子的女人留下的；第三组大概是乔的，不过这要等到抓住他之后才能证明。然而，在阁楼上为数不多的几个物件表面上却没有发现指纹。奈杰尔想，这一点倒是多少支持了X是凶手的假设。所有其他的指纹可能都是乔去度假前留下的，但是如果他在阁楼里待了三天三夜的话，他不可能不留下指纹。可是探长太忙了，根本没空听奈杰尔荒唐的假设。在乔·班尼特家的常规工作还没完成，探长收到一条消息，这让他更忙了。

普尔汉普顿的警察跟他通了电话,他们让探长立刻赶过去。他们已经找到了乔的游艇加内号,也有了探长让他们调查的那辆摩托车的消息。探长下达了一些命令,让托沃西警官负责现场,就和奈杰尔坐上警车,飞奔 20 英里匆忙赶到了海岸。

警察局长弗莱克森汉姆在车站迎接他们,他个子高挑,脸色红润,语速缓慢,但看得出很能干。他没怎么寒暄,就指了指桌上的一张大型军用地图。

"看见那个压痕了吗?"他说,"那里是个小海湾,据说走私者曾经用过,入口水很深,即便退潮的时候也是如此,你们看,那儿的海岸很陡,两边是高高的悬崖。"局长用食指戳了戳地图,又敲了几下,"它的内陆是巴斯克村,那里是一片人烟稀少的广阔山地,除了几个坐落在深山里的农场外,杳无人烟,这是典型的乡村景象。"奈杰尔心想,弗莱克森汉姆肯定是从当地的旅游书中获得灵感的。"出于某些目前还不清楚的原因,"弗莱克森汉姆继续津津有味地说着,"这个地区最近比之前更荒芜了。自从收到你的消息,我们就一直在沿海地区的村庄、露营地、农场等地,对船只加内号进行调查。可是谁也没有看见它,也没有人在周四晚上注意到异常。直到昨天下午,我们才收到来自巡警哈克的报告。哈克驻扎在比德尔莫纳科伦村,看,就是在巴斯克湾西部五英里的地方。哈克报告说快乐修道士酒吧的老板告诉了他以下信息:星期六的晚上,一个叫艾泽基尔·潘尼的流浪汉来到他的酒吧。闲聊中他提到,周五清早曾在巴斯克村看见一场大火。店主哈里·宾说他没有听到任何火灾的消息,就暗示潘尼一定是他喝醉了，或者是做梦梦见的。谁知潘尼听了大为光火，他发誓自己当时非常清醒，而且他一直以来从不酗酒。而且他也不可能是梦见的，因为在此之前他一直在睡觉，醒来后才看到火灾。他这样说，酒吧里的人当然对他嘲弄了一番。一个家伙问他火光是不是变成了火蛇的形状等等，可是潘尼坚持说他在天空中看到一道火光，朝着巴斯克湾的方向。他觉得可能是某艘船着火了，但又觉得不关他的事，于是就转个身继续睡觉了。

"先生们，哈里·宾那天晚上又把这件事想了一遍，推理了一通。第二天早上，也就是昨天，他决定把这件事告诉哈克巡警。哈克立即采取行动，和我们沟通后，按照我们的指示找到了潘尼，把他带到警局。我盘问了潘尼，又发现了几件更有趣的事。如果我能逐字逐句念出奥克警官记下的笔录，那就简单多了。"

局长拿出一张纸，清了清嗓子，读道：

"——姓名？"

"——艾泽基尔·潘尼。"

"——住址？"

"——四海为家。"

"——居无定所。你能用自己的话描述一下周四晚上发生的事吗？"

"——我是从普尔汉普顿走过来的。那是个非常漂亮的小镇，很适合居住的度假胜地——"

"——请说要点。"

"——好的，长官。夜幕降临时，我发现自己来到了你们叫做巴斯克村的地方，我想找个地方凑合过一夜，后来在我左手边离小路一百码的地方，我看见一座废弃的小屋，于是我就到那里睡了一会儿。过了一会儿我醒了——"

"——那是什么时候？"

"——不幸的是，我那块该死的金表丢了，所以我也不知道确切的时间。当时仍是漆黑一片，也许是早上2点钟，也许3点。反正我醒了——"

"——有什么特别的原因吗？是某个声音把你吵醒了？"

"——啊！想起来了，之前我几乎忘得干干净净了。对的，长官，一定是那辆讨厌的摩托车把我吵醒了。"

"——摩托车？"

"——是的，我听到一辆摩托车向内陆开去的声音，一定是朝那条通往主路的小路开去了。"

"——听起来是个大功率发动机吗？"

"——说不上来，长官。我对摩托车不了解，但是能把我吵醒，应该功率很大吧。"

"——接着发生了什么事？"

"——我站起来，走到我临时的家门口，四处看了看，在天空中看到一道火光，就是在巴斯克湾的方向。于是我自言自语地说了句，那边有东西着火了，然后就又躺回去继续睡觉了。"

"——你对此什么都没做？为什么不报警？"

"——我又不是消防队的,而且那间小屋里也没有电话,我也没有随身携带无线设备。"

"——好了。那天晚上你经过丘陵地带的时候,没有看见可疑的人吗?除了摩托车的声音其他还听到什么吗?"

"——没有,长官。除了我之外,我什么都没看见,也没听见。"

"这就是我们从艾泽基尔·潘尼那里得到的所有信息。"弗莱克森汉姆局长说,眼睛里闪烁着柔和的光芒。

"太奇怪了,怎么没有其他人看见火光。"泰勒探长说,"难道附近没有露营的人吗?"

"是很奇怪。不过,就像我之前说的,巴斯克村这片区域特别荒凉,杳无人烟。所以空军部买了这块地,准备用来做轰炸演习。"

"啊!"奈杰尔喃喃道,"他们制造了荒漠,却称之为和平。"

"先生们,收到这个消息后,我们做了进一步的调查。结果是,昨天晚上我们在海湾入口发现了一艘沉船。我们正在进行打捞工作,我敢打赌这就是你们要找的船。如果方便的话,我们现在马上赶过去。我找到了伊莱亚斯·福克斯,就是看管加内号船的人,他会跟我们一起过去。你们那边没有约瑟夫·班尼特先生的消息吗?"

"我们还没找到他,但是有了一些他的消息了。"探长愁眉苦脸地说。他简要地向弗莱克森汉姆叙述了我们在乔家里的发现。

"嗯,好吧。他一定是个很难对付的人!"局长惊叹,"糟糕,太糟糕了。天啊,天啊,天啊。我还以为我们会在沉船上找到班尼特先生和布洛克萨姆呢。"

"布洛克萨姆？那又是谁？"奈杰尔厉声问。

"唉，就是乔带走的那个人。他是这里的渔民，或者说以前这里有渔业的时候，他曾是渔民。乔在最后时刻把他带到船上去了。"

"之前忘了告诉你了，斯特雷奇威先生。"探长说。

"该死的，这个消息改变了整个案子的局面。难道你没有看见——"

"这并没有改变我对这个命案的推断，先生。一切都完全符合。"探长回答的时候，态度傲慢，令人恼火。

"哦，你有你的推断，是吧？什么时候你能说来听听？"

"等我看到加内号吧，先生。"

"嗯。好吧，我希望你的推断能解释班尼特这次出行给我们带来的两个异常明显的矛盾。"

"矛盾，是吗？"探长说，极力装出无所不知的样子，"是的，矛盾。你觉得矛盾是什么，先生？"

"哈！想套我的话！那么好吧，我就告诉你。首先，我们知道乔·班尼特是个传统的老水手，之前都不用发动机，嘴里含着纸出生[1]。"

"你的手里拿着纸，先生，"弗莱克森汉姆说，"不是嘴。"

"当然了，我真蠢。好吧，这个家伙就是个帆船爱好者，突然毫无缘由地在他的船上安装了发动机，这是第一个矛盾。"

"但是我们了解到，他这么做是因为，他觉得自己已经过了可以

---

[1] 译者按：跟"嘴里含着银汤勺出生（born with a silver spoon in mouth）"构成对比，表示出身平庸。

独自驾驶这艘船的年纪了。"

"没错。但是如果安装发动机的目的是为了可以独自驾驶这艘船,那他为什么在最后时刻还雇了个帮手?这是第二个矛盾。"

泰勒探长若有所思地挠了挠下巴:"你真聪明,先生。但是我觉得——是的,一切都符合常理。这并不会推翻我的推断。"

"这真是难解之谜。老天也不给我们任何线索,除了那辆轰鸣作响的摩托车。"

"是的,"探长说,"摩托车。我想这正好证明了这一点。"

"好了,如果你们两位先生猜完谜语了,我们最好现在就走。"弗莱克森汉姆慢悠悠地说。

局长把古铜色皮肤、沉默寡言的伊莱亚斯·福克斯介绍给他们后,四个人挤进一辆警车,出发了。在去往巴斯克湾的路上,探长不停地问福克斯问题,班尼特先生什么时候决定安装发动机的?福克斯不知道他什么时候做出的决定,他只知道三星期前班尼特就把他的打算告诉了他,不久又来监督发动机的安装工作。福克斯本人对船用发动机有一定的了解,所以他也帮了忙。探长似乎对此很感兴趣,他问了发动机安装的确切日期:7月3日和4日。3号晚上乔是留在城里还是回到了梅登阿斯特伯里?留下来了,和往常一样住在同一间酒店。这个布洛克萨姆是个什么样的人?可靠吗?他还不错,是个好渔夫,就是有点懒。他习惯使用船用发动机吗?不习惯,但任何人在十分钟内就能掌握这其中的诀窍。为什么班尼特选了他,为什么这么晚才雇佣他?福克斯不知道为什么这么晚,但是班尼特先生一定会让布洛克萨姆和他一起出海的，因为布洛克萨姆现在靠向游客出租划艇为生。他的儿子波特可以在他外出时做这些事，而他可以在加内号上挣不少外快。另外，布洛克萨姆什么事都愿意为班尼特先生做。因为几年前，波特的小帆艇遇到暴风雨，船翻了，是班尼特把他救了上来。

"救生筏！"奈杰尔叫了出来，好像从睡梦中惊醒了，"加内号的救生筏在哪里？乔一定有一艘。"

"他出发的时候确实拖着一艘。"伊莱亚斯·福克斯肯定地说。

"我没有救生筏的消息。"弗莱克森汉姆说。

"如果海湾那里的沉船是加内号，那救生筏一定就在附近的某个地方。班尼特总不可能游泳上岸吧。"

奈杰尔疑惑地看着伊莱亚斯·福克斯，但他像尊铜像似的一句话也没说。

"走私犯！"奈杰尔拼命地想了一会儿说，"巴斯克湾曾经被走私犯利用，那附近可能会有个山洞。"

"可能吧。"福克斯谨慎地回答，然后转头看向奈杰尔，好像他是一艘要沉没的船似的，"但是他为什么要把救生筏放在山洞里呢？这说不通啊。"

过了三十多分钟，他们从普尔汉普顿布里德茅斯路转弯，驶入一条小路，小路上岔路丛生，像旋花一样错综复杂。这条蜿蜒的小路临近大海，很快就变成一条崎岖的小道，攀爬到巴斯克村的荒凉之境。他们一路上经过很多官方警示牌，上面警告说这里是空军的领地，擅自闯入者，有遭到轰炸的危险，后果自负。空气中弥漫着盐和百里香的浓郁气味，还有海鸥幽灵般的叫声。明亮的阳光把海湾两边的悬崖变成了耀眼的金色，碧绿的海水如薄荷奶油一般。他们行驶的那条小路变成了一条跑马道，沿着悬崖蜿蜒而下。无疑，过去的走私者骑马走的就是这条路。悬崖脚下的小沙滩上，停着一艘烧焦了的船只残骸，两名警察在一旁看守着。打捞船的那伙人也在那里，还有几个小男孩像蘑菇一样突然冒了出来。一些游客躺在悬崖顶上，漫不经心地把香蕉皮和纸盒扔进了海湾。有人用口琴吹奏着《我在天堂》这首曲子。奈杰尔想，这首歌无疑最适合这个场景了。

由于海湾底部是沙质的，打捞工作似乎异常容易。潜水员潜入水中，用抓钩固定住沉船，然后由岸上的强力绞车把它拖了上来。加内号现在非常凄惨，疲倦地侧躺着，船身烧焦了，上半部分乌黑一片而且起了泡，发动机则像是一具受尽折磨的金属尸体。

"看见这个场景，你很震惊，是吗？"弗莱克森汉姆出乎意料地问奈杰尔，"船像人一样。在水上的时候还活蹦乱跳，现在看起来就像具死尸，太可惜了。"

"班尼特先生很喜欢它。"福克斯久久地凝视着加内号说。

打捞工人的领队走上前来说：

"船里有具尸体，先生。"

口琴的声音向他们飘来，听起来像是不太老练的儿童吹奏的——

"*我去海边看海——*"

奈杰尔感到一种无法抑制的冲动,想放声大哭。

夏天的空气中,弥漫着浓烈的焦木和金属的气味。好吧,为这事激动是没用的。加内号已经烧毁了,而且船里有具尸体,让泰勒探长负责这事吧。

探长已经爬上了倾斜的船舷。四周一片寂静,在平静而有节奏的海浪拍打声中,这寂静更突出了,连吹口琴的人也寂静无声了。那群打捞工默默地站在周围,好像在等候着葬礼。过了似乎很长一段时间,探长又出现了,他朝伊莱亚斯·福克斯招了招手,两人走进了船舱。又是漫长的等待。小男孩们烦躁起来,开始在海湾西侧的岩石上攀爬。

泰勒探长站在甲板上,俯身向着弗莱克森汉姆。奈杰尔想,他看起来可真奇怪,就像舞台上的演员在排练时跟制片人商量着什么似的。他听见他轻声说道:

"那是布洛克萨姆,烧死了,基本不剩什么了。福克斯认出了他的耳环,还有一个刻有他名字的手镯。看起来火灾是由煤油灯引起的,我们得找个专家来处理这件事,先生。"

"我已经派人去找了,希望他随时能来。我们现在要把尸体弄出来吗?"

奈杰尔朝另一边走去,他感到茫然失措,有太多的问题需要找到答案了。与梅勒斯小姐和布洛克萨姆的死相比,一切都显得微不足道。这两个人没有对任何人造成一丁点的伤害,不过就是妨碍了凶手的计划,就惨遭杀害。不过,布洛克萨姆真的是这样被害死的吗?加内号发生的火灾也有可能是偶然。毕竟,凶手是不会想要烧掉他的不在场证明的,而且连杀两个人会让凶手更可疑。

"喂,先生,这里有只靴子!"

奈杰尔吓了一跳,抬起头来,这声音像是从坚硬的岩石中传出来的。顺着声音的方向望去,他看见一个男孩的脑袋似乎从一堆海草中伸了出来。走近一些,他发现堆积起来的漂浮物遮住了悬崖脚下一个洞口的一半。

"一只靴子?"他有点困惑地说,"是只足球靴、水手靴、松紧带靴、手术靴,还是什么?"

"就是只靴子,先生。"

这样的对话显然对奈杰尔没有什么帮助。于是他低下头,钻进狭窄的洞口。他发现自己置身一个洞穴中,洞穴的地面是向上倾斜的,顶部却看不见。洞穴里,另一个小男孩在所谓的"靴子"上兴奋地上蹿下跳。那是加内号的救生筏。其中的一个疑团解开了。

"别跳了,巴菲!"第一个小男孩喊道,"追踪走私犯的先生来了。"

正在跳的男孩停了下来,奈杰尔目不转睛地盯着他。

"什么走私犯?"奈杰尔问。

"就是坐在那靴子里来这里的走私犯。"

"但他们——不是走私犯。"

"先生!他们当然是。如果不是,他们到走私犯的洞穴里来干什么?他们为什么要把漂浮物堆到洞口呢?奶奶说她父亲告诉过她,走私犯以前就是这么干的。"

奈杰尔有了灵感,他严肃地对男孩说:

"好吧，可能是走私犯干的。说实话——你能保守秘密吗？"

"死都不会说出去！"

"如果你不说，也许他会说。"奈杰尔极力强调了一下"他"这个字。男孩津津有味地听着。奈杰尔继续说："好吧，有一个走私犯，带着东西上岸了。可他不会把东西藏在这里吧？我觉得这里不好。他一定是把东西带到内陆去了，他是怎么做到的呢？有汽车或摩托车等着他吗？我们很确定他在陆地上没有同伙，这就意味在悬崖上的某个地方一定藏着一辆摩托车，这样他就可以骑摩托离开。你知道这附近有什么地方可以藏摩托车吗？"

"啊，没错。"男孩说，"他一定是藏了辆摩托车。不，不是摩托车，他可以准备一架空心螺旋桨的高速飞机，用来藏珠宝或是毒品，是吗先生？我在电影里看到过。"

"他可能有架飞得很快的飞机，"奈杰尔极其耐心地回答，"或者还可能是齐柏林伯爵号①呢。但碰巧，他并没有这些，他只有辆摩托车。问题是，他把摩托车藏到哪里了？"

"嘿，先生！"巴菲突然冲着奈杰尔的脸叫道，"嘿，先生！会是弗莱德上周在小棚屋那里看到的摩托车吗？"

"你总算说出来了，可能就是那辆。跟我说说吧，他是哪一天看见的？"

"上周日。那天弗莱德、柯利和我到这里来了，我和柯利知道飞

---

① 二战期间德国的航空母舰。

机会进行轰炸，不敢去小棚屋。可弗莱德不认字，笨死了，他不知道小棚屋也会是飞机的轰炸目标。于是他匍匐着向小棚屋爬过去，我和柯利在旁边看乐子，等飞机来了一定会把弗莱德炸成碎片。先生，我想你一定会笑话我们，因为飞机最后也没有出现。"巴菲懊恼地补充道。

"太糟糕了，"奈杰尔同情地说，"后来发生什么事了？"

"好吧，弗莱德进了小棚屋，发现一辆摩托车藏在一丛荨麻下面。他招手让我们过去，过了一会儿，我们跑进去也看到了。那是辆鲁吉摩托车。"

"是新的吗？"

"不是，又破又旧。"

"你没把这件事告诉别人吗？"

"没有，先生。我害怕。爸爸如果知道我和柯利到这里来了，一定会扒了我们的皮。弗莱德又笨又蠢，话都说不清楚。"

"你注意到摩托车上的车牌了吗？"

"没有，先生。"

奈杰尔恩威并施，诱导男孩们把他们的故事又给泰勒探长重复了一遍。接着他们就去了小棚屋，它离悬崖顶只有200码远，坐落在山洼处。在摩托车停放的荨麻丛和碎石中，他们发现了一些油渍。这个地方要进行彻底搜查，还没有进一步的结果，于是他们又回到了海湾。奈杰尔发表了意见：对班尼特来说，把摩托车停放在小棚屋里好几天是件冒险的事。如果有人发现了，就会在警方进行调查的时候汇报上去，那么通过追查购买人，很容易就能定位到乔身上。

还有就是，他怎么知道在此期间，小棚屋不会遭到轰炸呢？当地警察随之主动提出，这个地区的人都不会靠近这个棚屋，因为几年前有个工人在这里上吊自杀了。而游客看到空军部的通知，自然也不会来。弗莱克森汉姆说，至于轰炸时间，其实只要巧妙地询问一下，就能知道什么时候进行轰炸。泰勒探长说这辆摩托车追踪到班尼特的可能性很小，他可能会用某种迂回的方式买下它，然后去掉上面所有的标识。等他用完这辆车后，他肯定是计划把它带到船上，并把它扔到深水里去。

现在奈杰尔对探长的案件推断已经非常清楚了，但他们没有时间进行讨论。救生筏和桨上发现了很多指纹，其中有一些是两个男孩的，已经被取下来了，这让他们很兴奋。专家克兰肖先生已经到了，正在检查加内号。他答应只要工作一完成，就会打电话给泰勒探长汇报。目前他还不能确定起火原因。火灾可能是在客舱发生的，比如可能是布洛克萨姆在给煤油灯加油时不小心造成的。探长问，如果布洛克萨姆在半睡半醒间，昏昏沉沉地从床铺上起身，会不会把煤油灯打翻。克兰肖先生回答说，这是最不可能的，因为灯是从客舱顶部吊下来的，这样的设计经得起粗暴对待。另一方面，一定的证据表明这场火是在发动机内部或附近发生的。这就表明火灾只可能是粗心大意造成的，或者是蓄意纵火的结果，但是需要更细致的检查才能判断是前者还是后者。总的来说，他比较倾向于是蓄意纵火，但是对于粗心的或是缺乏经验的人来说，汽油发动机确实比较难对付。

探长急着要赶回梅登阿斯特伯里。弗莱克森汉姆局长同意在现场进行例行调查，追踪乔·班尼特上次来监督安装发动机的行程，调查他是否曾出现在巴斯克湾附近，并且询问当地二手鲁吉车的销售情况等等。探长和弗莱克森汉姆一起研究了地图，找到了从海湾到梅登阿斯特伯里的最快路线。调查将沿着这条路线进行，以查明案发当晚，是否有人听到一辆摩托车向北行驶，或在黎明前向南返回。考虑到海岸附近那条小路的曲折程度，他们计算出这条路线的长度约二十多英里。探长会在回程时用速度计核实一下。

警车开动了。探长舒服地安顿好他那庞大的身躯，转向奈杰尔说：

"好了，先生，我对乔·班尼特的案子是这样想的——"

第十三章

7月20日 晚上 7:30—9:17

当我想到一壶啤酒。

——拜伦《唐璜》

奈杰尔并不赞同酒令智昏的说法。相反,他认为烈酒可以使人卸下潜意识,解除潜意识的影响,因为潜意识会妨碍、扭曲和抑制判断力,从而让人更自由、更好地思考。因此,他早早地和凯米森一家吃过晚饭,7点半就告辞回了房间,独自坐下来,在三瓶啤酒的帮助下,开始审视泰勒探长的犯罪推断。他把第一瓶啤酒倒进大酒杯,接着把大酒杯平稳地放在膝盖上,躺下来,闭上了眼睛。

他自言自语道:首先让我重述一下泰勒的推断。罪犯是乔·班尼特。他杀害尤斯塔斯的动机是尤斯塔斯长久以来一直对他进行压制,尤其是阻碍了他和阿丽雅德妮·梅勒斯的结合;另外,尤斯塔斯打算卖了啤酒厂,这样一来他的员工们就都失业了,这件事使所有的问题尖锐化了。最近可能还发生了一些我们不知道的争吵。这是很合理的动机。还可以再加上一点,乔在阿丽雅德妮的问题上对尤斯塔斯屈服,他感到莫大的羞辱,所以他杀了尤斯塔斯,他这样做或多或少是在有意识地向她重申自己的男子气概。他用最原始,也最有力的方式向她证明,他并不像她和尤斯塔斯想象的那么软弱。不可否认,表面上看,他等了那么多年才坚持自己的主张,这很奇怪。但是正如赫伯特和苏菲给我的印象,乔在本质上是个正派的普通人,这种人只有在利他动机的刺激下才会考虑使用暴力,然而实际上,正是深层次的利己动机才导致了意志危机和暴力的迸发。

奈杰尔喝了一大口酒,叹了口气,又点燃了一支烟。这样看来,他是有充分的动机了。接下来看看泰勒对犯罪过程的重建。根据他的说法,乔·班尼特准备了一个几乎完美的不在场证明,实施了一个几乎完美的犯罪,但这两件事都由于复仇女神的干涉——或者用泰勒不那么经典的说法,就是该死的坏运气——而失败。乔在多塞特海岸进行过很多次航行,因此他知道巴斯克湾是个僻静的地方,也知道最近由于空军部购买了海湾后面的那块地,变得更加人迹罕至了。此外,乔和各种各样的人都很会打交道,他很容易就能了解到什么时候会进行轰炸，什么时候他可以把摩托车停放在棚屋里而不受到干扰。值得注意的是，巴斯克湾是海岸线上最靠近梅登阿斯特伯里的地方。就他而言，到目前为止，一切准备都令人满意，除了尤斯塔斯这个眼中钉。

现在推断一下作案手法。大致说来，乔打算用一封匿名信当诱饵，把他哥哥引诱到啤酒厂。他打算先于他哥哥到达啤酒厂，切断冷藏室的应急铃，在酒厂门口迎接尤斯塔斯。见面之后，他要么告诉尤斯塔斯他是收到匿名信才来的，然后就把他带到冷藏室去；要么就立刻把尤斯塔斯打晕，并把他拖到冷藏室。还要注意让他的伤看起来像是尤斯塔斯挣扎着从冷藏室出来时受的伤。乔知道守夜人的时间安排，这能让他在做这一切的时候，绝对不会被发现。

凶手故意想让谋杀看起来像是场意外。如果一切都按照乔的计划进行，那么他很可能会设法拿到寄给他哥哥的匿名信并销毁它。因为这封信一旦被警察发现，就会引发怀疑，让人认为这并不是一场意外那么简单。所以，意外就是乔的第一道防线。但万一计划失败，他还准备了不在场证明，虽然不太完美也不太详尽，但至少是个还不错而且合理的不在场证明。他在加内号上安装了发动机，是出于两个明显的原因。首先，盛夏时期的风力不稳定，可是他必须要准时到达巴斯克湾。他得有充足的时间爬上悬崖，骑上早就藏好的摩托车，最晚要在 11 点半到达梅登阿斯特伯里。其次，他回到加内号时，还不能平静地休息。他肯定计划要在莱姆里吉斯，或者其他随便什么港口靠岸，这样的话，他似乎得航行一整夜。

为什么布洛克萨姆适合这个计划？总的来说，我倾向于认可泰勒的观点。乔让布洛克萨姆上船,是最后想到要再加强一下他的不在场证明,并不是原来计划的一部分。泰勒的观点听起来很合理:乔告诉布洛克萨姆他会在晚上 10 点到凌晨 2 点轮班。在布洛克萨姆 10 点交班之前,乔为他们两人准备了咖啡,并在布洛克萨姆的杯子里放了安眠药。当布洛克萨姆由于安眠药的作用沉入梦乡时,乔就改变路线,全速驶向内陆,偷偷溜进巴斯克湾(伊莱亚斯·福克斯告诉他们,加内号配备了大功率的乙炔前灯),泊船,骑摩托赶往梅登阿斯特伯里,把尤斯塔斯关进冷藏室,骑回来,处理掉摩托车——很可能是顺着马道骑下来,上船,把它扔进深水区,然后把加内号开回原来的路线,再叫醒布洛克萨姆。

泰勒计算过,从加内号驶入巴斯克湾到再次出海,至少有两个小时的间隔。奈杰尔把泰勒编排的大致时间表拿了出来:

下午 10 点 乔接管方向盘。

下午 10:40 在巴斯克湾停泊,上岸,爬上悬崖。

下午 10:50 骑摩托离开。

下午 11:30 抵达啤酒厂,切断应急铃,等候尤斯塔斯。

午夜 在酒厂入口见到尤斯塔斯,把他带到冷藏室,把他关在里面。

凌晨 12:30 骑摩托离开梅登阿斯特伯里。

凌晨 1:10 抵达巴斯克湾上方的悬崖,沿马道行驶摩托车,把摩托车放进救生筏,起锚。

凌晨 1:20 加内号出发。

凌晨 1:33 加内号返回原路线。乔把摩托车扔掉。

凌晨 2 点 叫醒布洛克萨姆。

可是少了两个小时的航行，要怎么跟布洛克萨姆解释呢？天快亮的时候，这个人很容易就会注意到，加内号远远落后于计划中的进程。答案可能是这样的：只有在布洛克萨姆掌舵的时候，加内号才是扬帆航行的，乔肯定也坚持只用帆来航行。不过等布洛克萨姆一睡着，乔就启动发动机，并全程使用，一直到要叫醒布洛克萨姆的时候为止。如果那天晚上的风力不大，这样做就可以弥补绝大部分落后的行程，事实证明确实也是如此。布洛克萨姆可以间接地证实发动机没有使用过，因为发动机的声音和振动会把他从正常的睡眠中惊醒，当然他怎么也想不到自己已经被人下了药。简言之，这样的话，乔就有了证人，他可以信誓旦旦地说他整晚都在驾船，从而为他的犯罪提供了绝佳的不在场证明。更妙的是，这个证明看起来非常自然，不需要任何的详细说明。

虽然我们可能永远找不到证据，但是乔很有可能在油量上做了手脚，从而加强了他的不在场证明。在他叫醒布洛克萨姆之前，他可以轻易地用之前藏在船上的油罐把油加满，或者把油藏在岸上某个地方，比如山洞里，然后从梅登阿斯特伯里回来的时候把油再带上船，这样更好。之后他可以把油罐沉到海里，假装不经意地提醒布洛克萨姆油箱是满的。这样，显然就有了不容置疑的证据，证明那天晚上他们根本没有使用过发动机。

还有一点值得注意，乔救了布洛克萨姆溺水的儿了。如果情况不妙，不在场证明立不住脚，那么布洛克萨姆哪怕牺牲自己，也很可能会为乔做伪证。另一方面,警察不可能怀疑他会与乔勾结。把这样的人带上船,对乔来说是非常明智的。

奈杰尔又喝了一大口酒,点燃了第二支烟。

现在推断一下到底发生了什么。在他到达啤酒厂之前,一切都按照着泰勒的说法进行。(如果尤斯塔斯没有被那封匿名信引诱到啤酒厂,那么乔还有别的办法,可以到他家去,把他叫醒,带他去啤酒厂,这似乎是说得通的。因为他很清楚,尤斯塔斯热衷于揪出玩忽职守的员工。)现在我们来看看案件的核心问题——为什么谋杀没有按照原计划进行?泰勒将其重构如下:要么是他们两人进冷藏室时争斗起来,尤斯塔斯身上留下了痕迹,这导致了他的尸体被毁。要么就是乔在门口把尤斯塔斯打晕了,但因为害怕留下可疑的伤口,打得不够狠,所以在乔把他拖进冷藏室时,尤斯塔斯恢复了知觉,接着就发生了搏斗。我发现的那枚戒指碎片,就很好地证明了当时一定是发生了某种搏斗。

出于某种尚未证实的原因,计划出了差错,于是乔就把他的哥哥丢进了煮沸锅。认为创伤是由左撇子造成的想法可以排除掉了,因为赫伯特说梅勒斯小姐受到的致命一击来自于惯用右手的人,显然两个杀手是不可能的。按照泰勒的推断,乔把他哥哥丢进煮沸锅后,就起身返回了巴斯克湾。加布里埃尔·索恩在 12 点半至 12 点 45 分之间听到有人骑摩托车离开了啤酒厂,那个人应该就是乔。

奈杰尔突然坐直了身体,一些啤酒洒在了裤子上。

停!这不是矛盾了吗?索恩说他在回家路上听到了摩托车的声音。从酒厂到他的住处步行需要大约五分钟,他是 12 点 45 分到家的,所以他是在 12 点 40 分听到骑摩托的人。而尤斯塔斯应该是在午夜到达的啤酒厂。按照乔的计划，时间是很重要的。他得在 1 点钟过后不久就尽快赶回巴斯克湾，这样才能在布洛克萨姆接班时，把加内号开回到航线上。既然如此，他为什么要在啤酒厂待 40 分钟呢？即便把尤斯塔斯带到目的地，然后把尸体扔进煮沸锅，耽搁了一定时间，40 分钟似乎也太多了些。而且在这样的紧急关头，他也不可能会注意到他的图章戒指剥落了一小块，于是花费宝贵的时间去寻找。那么还有其他的解释吗？

先把这个放一边。乔回到加内号，发现它起火了。这是泰勒推断案子的关键，他用这一点来解释乔之后一系列的不寻常行为。复仇女神介入，烧掉了乔的不在场证明。这将成为媒体的头条新闻，成为让人津津乐道的素材，成为人们茶余饭后的谈资。但这是真实情况吗？这是不是太巧了，巧得让人难以置信？按照泰勒的想法，布洛克萨姆虽然吃了药，但中间还是醒了，可能是由于粗心，或者是由于缺乏使用汽油发动机的经验，把船给点着了。当然，在收到专家的报告之前，我们对此只能持怀疑的态度。但是有两个次要的和一个主要的否定观点。次要的否定观点是：（1）如果是布洛克萨姆引起的火灾，那他一定会跳下水去，而不是死在船舱里。（2）即使他没有马上跳到水里，而是在救火时缠住了衣服，可是之后还是应该要跳到水里才对。不过，对此可以有两种解释。灭火器在船舱里，无论火灾是发生在发动机附近还是船舱里，布洛克萨姆都会去拿灭火器，很有可能在他拿到灭火器之前就被火吞没了。或者，他可能跳到了海里。接着乔可能在水里发现了他的尸体，就把它放回了船舱，因为只有彻底烧毁尸体，才不会被人发现他曾被下了药。

我们目前对火灾来源一无所知，所以这两种说法都是合理的。但它们都与我的否定观点背道而驰，那就是：乔的计划的核心是加内号留在巴斯克湾，而布洛克萨姆在此期间应该是睡着的状态。如果布洛克萨姆醒了，发现船停在山谷而他的雇主不见了，那乔的不在场证明就会被彻底推翻。因此，乔绝对不可能没有给布洛克萨姆下足够量的安眠药。除非布洛克萨姆对服用的药物有异常的耐药性，否则他不可能这么快就醒来，也不可能失手把船给点着。因此，这个问题只有唯一的答案，要么船是自己着火的，要么是第三方——既不是乔也不是布洛克萨姆——蓄意放火。

"排除掉不可能的情况，那么剩下的就是真相。"这一切都很有趣，但我面临着一堆不可能的情况。目前我还是先不管这些，继续想想泰勒对案件的重构。乔回来后发现他的不在场证明被毁了，于是就把救生筏藏在山洞里，在洞口堆起海草和漂浮物，这样做是想尽可能长时间地隐藏加内号的下落，让他有更多的时间逃跑。这一点完全符合事实。之后他抱住头想了一会儿。这段时间正好符合他到达山洞之后（不晚于1点半），流浪汉听到摩托车"向内陆开去"的时间（大约两三点）。虽然流浪汉没有表，但这种人对时间的感知非常准确。乔决定铤而走险，在自己家里躲个一两天，同时销毁对他不利的证据，拿到护照。

他3点左右回到梅登阿斯特伯里，很可能把摩托车扔在了镇外的某个地方。蜂巢树林是个很好的藏车之地，不知道警察搜查过那里没有。他躲在了阁楼里。现在去啤酒厂拿护照已经太晚了，天马上就亮了。而且，他的神经已经绷紧一个晚上了，需要休息一下。第二天晚上，也就是周五那天，他还是没有行动。因为他知道班尼特的尸体当晚才会被发现，啤酒厂一定会挤满警察。星期六晚上，他开始了第一次的行动。他拿着从尸体上取下的备用钥匙，溜进了尤斯塔斯的家，拿走了会牵连到他的洛克斯比的文件，还偷了一些食物，泰勒忽略了这一点。

托沃西曾说过，周日早晨，班尼特太太大发脾气，她说她的女仆偷吃了她前一天烤的蛋糕和两条面包。为什么没有人注意到这一点？女仆们可能时不时地会偷吃一两片蛋糕，但肯定不会偷吃掉一整个。这就是阁楼上有面包屑的原因。

为什么乔没有在同一天晚上去啤酒厂拿护照呢？泰勒认为，那是因为他害怕警察可能还在啤酒厂调查。这样想似乎是有道理的，但是泰勒的推断在这一点遇到几个难题。首先，如果乔打算逃离出国的话，必然会引起怀疑，那他为什么还要冒险去销毁洛克斯比交易的证据呢？其次，加内号的毁灭是一场可怕的灾难，以至于他唯一的出路就是鲁莽地回到梅登阿斯特伯里，拿到护照出国，重新开始新的生活吗？当乔发现加内号着火后，最明智的做法应该就是把摩托车丢在深水里，然后离开巴斯克村，找一间农舍待着。他肯定可以编造一些可信的故事来解释他在海湾的遭遇、火灾的发生以及布洛克萨姆的死。只要那辆摩托车之前不是在当地买的（毫无疑问是这样的），而且购买方式和他关联不起来，只要它沉得够深，那就没有什么能把他和谋杀案联系起来。不过，必须承认的是，杀人犯容易冲昏头脑，尤其是乔这样的人。像他这样的人遇到麻烦后，本能的冲动就是去找妈妈。他回到梅登阿斯特伯里的原因可以解释为，他想联系阿丽雅德妮·梅勒斯，她对乔来说显然具有一些母亲的意味。第一个难题也不是不能想通的。可以这样说，他销毁洛克斯比的文件是为了给自己争取时间。警察越是长时间地认为他仍在海上航行，同时也找不到那些让人能联想到他的作案动机的文件，就越是会在很长时间之后才会对他进行仔细搜查。周六那天，当他听见警察在楼下搜查他的书房和卧室时，他肯定过得很忐忑。但是当搜查没有任何进展时，他会认为自己没有被怀疑，于是就认为可以在第二天晚上去拿护照。如果运气好的话，那个时候啤酒厂就不会有警察了。

按照泰勒的想法，之后的事都是乔迫不得已才做的。星期天，大约午夜时分，他在书房被一个闯入者吓了一跳。慌乱中他袭击了对方，他在黑暗中一次次地攻击对方。可等他发现时已经太晚了，他杀死了一个他可以信任，而且在任何情况下都会支持他的人。所以，他必须要在尸体被发现之前离开这个国家。因此，他赶去啤酒厂拿护照，但是却撞见了守夜人。泰勒的推断和事实再一次对上了，但并不符合所有的实情。比如，乔真的会杀死梅勒斯小姐吗？如果她在书房惊吓到了乔，她肯定会在他出手之前认出他来，跟他说话，毕竟她有手电筒。另一方面，如果他听到有人在书房里走动，他本能地会呆在阁楼里不动；如果书房里有任何罪证的话，前一天警察就会发现的。最后，如果周日晚上去啤酒厂的是乔，那他现在在哪里？

想到这些关键问题，奈杰尔喝光了剩下的啤酒，慢慢地在房间里走了几圈，又开了第二瓶酒，重新坐了下来。

乔·班尼特现在在哪儿？整个郡的警察都在找他，而他在这附近很出名，可直到现在还没有找到，这简直匪夷所思。似乎有两种可能的解释：他现在还在啤酒厂，那里有很多他知道但警察却猜不到的藏身之处；或者，他可能已经死了。这最符合我一直以来的令人不安的想法，有个人一直在试图陷害乔。假设这个人是X，那么看看接下来会发生什么。如果是这样的话，就可以肯定，X和乔在谋杀尤斯塔斯一事上是同谋。否则，只能认为他是意外发现乔杀了尤斯塔斯。但是，如果X是个坏人，那他发现后可能会敲诈乔。这样的话，X最不希望的就是乔被别人怀疑，所以他不会到处栽赃陷害乔。或者，如果X是唯一的凶手，在不引起乔怀疑的情况下，他究竟是如何安排乔在巴斯克湾停泊，并做出如此可疑的行为呢？而且又该怎么解释加内号起火的事？

那么，假设X和乔是同谋,这样可以带给我一些关于X的线索吗？毫无疑问，可能会和乔勾结的人，按优先顺序是梅勒斯小姐、赫伯特·凯米森、加布里埃尔·索恩和巴恩斯先生。梅勒斯小姐可以排除掉了，匿名信寄出的时候，她的确是和乔在一起的，而且她来乔的家甚至可能就是为了栽赃陷害他，只是乔意识到她背叛了他，所以把她杀死了。但是她已经死了，所以除掉乔的不可能是她。另外，她太喜欢乔了，不可能背叛他。赫伯特·凯米森呢？他和乔是朋友，他们两个是最有动机杀班尼特的人。那么这件事是怎么进行的呢？赫伯特可能是整个计划的幕后策划者,而且他可以寄匿名信,那天下午他在韦斯顿普莱尔斯附近。那么问题来了,为什么在寄匿名信这件事上,乔没有更好的不在场证明呢?答案是他可能是有的,如果警察问,他就会说出来,只是加内号的起火打乱了整个计划。那么,乔在案发当晚有明显的不在场证据,因此赫伯特是真正的凶手。

假设这一切都是真的,那么随后发生的事只有两种解释:(1)赫伯特一直计划要出卖乔。那天晚上他可能骑摩托去了巴斯克湾,也许让乔在城外停下来,坐在了他的后座上,然后袭击了乔的头部,以某种方式处理了他的尸体;又放火烧了游艇,从那之后就一直在散布对乔不利的证据。(2)赫伯特无意出卖他的同谋。乔发现游艇被烧,便返回了梅登阿斯特布里,惊慌失措地胡言乱语,后来和赫伯特取得了联系。赫伯特意识到乔已经精神崩溃,随时都可能泄密,并且牵连到赫伯特。因此,乔必须闭嘴。于是他杀了乔,处埋了尸体。我还不知道是怎么处理的。可以这么说,对乔不利的证据有多少是真的,有多少是赫伯特伪造的,目前都无关紧要。第二种解释在各个方面都更合理,除了一点:它假设加内号的火灾是场意外。我不相信赫伯特是个恶棍,他不会一开始就打算出卖乔。另一方面,他有点冷血无情。一旦他意识到他的同伙因为压力崩溃了,他很可能会牺牲他。赫伯特对这个世界的价值有着清醒的认识,不会被虚伪的道义迷惑。他会不动声色地说:"从社会的角度看,杀死尤斯塔斯是正当的,因为他是社会的敌人。现在也必须要让乔闭嘴,因为他对我是个危险,而我是社会的重要成员。"

毫无疑问，赫伯特最有可能是乔的帮凶。他不仅有要除掉尤斯塔斯的社会动机，还有个人动机；他有勇有谋，毫不妥协。在一定情况下，他可能是最危险的狂热分子——头脑极其冷静的那种。与此同时，也不能忽视加布里埃尔·索恩或巴恩斯先生，他们也可能是同谋。据我所知，加布里埃尔不是乔的好朋友。但他有两个杀尤斯塔斯的强烈动机——他将要继承尤斯塔斯的财产（如果他确实知道的话），还有他对尤斯塔斯是他父亲这件事，一直抱有抵触情绪。他和巴恩斯先生的弱点是两人都没有赫伯特这样的优势，无法更好地处理乔的尸体。医生是解剖尸体的专家，而且医生经常要四处问诊，比那些整天呆在啤酒厂的人有更多处理尸体的机会。

想到这些，奈杰尔感到极为不适。他喜欢赫伯特和苏菲，其实他之前决定留下来帮助破案，就是因为他们显然需要他的帮助。可是赫伯特的动机非常明显，而且奈杰尔见过他检查尤斯塔斯·班尼特和梅勒斯小姐的尸体。如果他对这两人的死负有直接或间接的责任，但在检查时竟然面不改色，这真是令人难以置信。唉，也不全然如此。毕竟，赫伯特是个铁石心肠的人。但是，就不能有某种推断，既符合事实，又能把赫伯特排除在外吗？

奈杰尔深深地吸了一口气，喝干了酒杯里的酒，又倒了第三杯。这好像是个信号，表明他与这个看不见的敌人的斗智斗勇，已经进入了第三回合。他仰靠在椅子上，手臂环抱着长腿，一丝不苟地回顾起案件的最新进展。

他首先训练有素地审视了一下相关人员的性格，然后是事件和重要线索。最后，他运用自己惊人的记忆力，回忆了一下自从他来到梅登阿斯特伯里听到的每一件事。不仅回忆了证据，更重要的是，回想了所有似乎是无关紧要的话。就在他回想的时候，他突然想到一个要点，这让他很快就想出有关这个案子的一整套推断。这个要点就是苏菲曾说过的一句话，这句话貌似可有可无，毫不相关，但却戏弄了他半天。这就好像一个顽童朝纳尔逊纪念碑①做了个鬼脸，极为放肆可笑，又引人注目。就在奈杰尔很恼火地考虑这一点的时候，他脑子里又闪过一个要点，接着又是一个。他跳了起来，绕着房间兴奋地大踏步走来走去。这就像是看着那些电子标志，亮起了一个字母又一个字母，逐渐拼出一个人名。奈杰尔知道，当他越来越兴奋地看着这些要点一个接一个地亮起来的时候，它们组成的名字就是凶手的名字。

他看了看表，现在是晚上 9 点 10 分。问题是，凶手今晚还会再次出现吗？探长对啤酒厂进行了严密部署，警察将隐蔽地监视每个入口。凶手进得去啤酒厂，可要离开就不那么容易了。如果他真的想进去的话，说不定现在正计划在别的地方搞出点动静。也许他上次去啤酒厂，只是为了掩饰下一个行动而进行的一次佯攻。奈杰尔内心忐忑不安，想到自己可能是罪犯的下一个攻击目标，他就很不痛快。这个罪犯毫无怜悯之心，是个穷凶极恶的家伙。也许奈杰尔今晚呆在啤酒厂是最安全的，因为那里有很多警察。唉，算了，反正人只能死一次。顺其自然吧。

---

① 位于伦敦市中心，为了纪念英国著名海军上将霍雷肖·纳尔逊而修建。

奈杰尔下楼去打电话，还有两点需要证实一下。他查了一下电话簿，拨了个号码。赫伯特坐在书房里，听见他说："喂，是特里普先生吗？哦，就是你啊。我是奈杰尔·斯特雷奇威，从凯米森医生家里打来的。我在协助警方调查班尼特的案子……是的……就想问一件小事。你一直在修复的那副假牙……哦，你已经完成了……是的，这项工作一定非常棘手……肯定是尤斯塔斯·班尼特的？……是的，我想是的。你是怎么鉴定出来的？……自然，下巴的石膏模型，幸好你还留着……乔和班尼特太太的也有吗？嗯，那个小房间还真是有点恐怖。不需要进一步的确认吗？……的确是这样。非常感谢，晚安。"

赫伯特阴沉的脸上露出一丝困惑的神色，微微打开的门中再次传来拨号声音，当他听到奈杰尔的话时，他更加困惑了。"班尼特太太在吗？……谢谢……我是斯特雷奇威先生。请稍等，你是……哦，是的，班尼特太太的厨师。好的，如果你能回答我一两个问题，就不用麻烦你的女主人了……是的，我与警方有关系。你记得入室盗窃那天晚上吗，就是周六那天。班尼特太太说有些食物不见了……是的，当然，很荒谬。几条面包和一个芝麻蛋糕是吗？……是的，我认为窃贼也把它们偷走了。希望他没偷走你为周日大餐准备的肉吧……他没有。那就更糟了，是吧？谢谢。晚安。"

奈杰尔挂了电话后，凯米森医生轻轻地关上了书房的门。他一动不动地站在房子中间，微微皱着眉头。一分钟过去了，他还站在那里。这时，前门的门铃响了。他走到门口，加布里埃尔·索恩站在门外。"我能见见斯特雷奇威吗？"他说。

第十四章

7月20日 晚上9:20—11:20

你追的人看见了野兽。

——屈莱顿[①]

加布里埃尔·索恩来到凯米森家后，可以说，班尼特事件的最后一章就开始了。之所以说这是最后一章，是因为凶手的坦白只能算是后记罢了。之前发生的事件太可怕、太糟糕、太具有迷惑性，人们可

[①] 英国诗人。

能会认为事件的结局一定是虎头蛇尾，但是这最后一章恰恰是所有事件的高潮部分。这个周一晚上异常精彩，不仅仅是因为抓获了冷血而诡计多端的凶手，而且也许还是第一次，有个迟钝的警察由于失血以外的原因差点昏倒；同时，这可能是加布里埃尔·索恩第一次，也可能是最后一次采取的无比英勇的行动；还有，班尼特的啤酒厂还有一些梅登阿斯特伯里令人尊敬的居民也险些被彻底摧毁，更别提奈杰尔自己了。

9点20分的时候，加布里埃尔·索恩告诉赫伯特他想和奈杰尔单独谈谈，于是就被领进了卧室。奈杰尔注意到，这个年轻人正强烈地压制着自己的情绪，他的左眼皮由于紧张，痉挛性地跳动着；他时而吹毛求疵，时而热情洋溢，比以前表现得更加明显。他在柳条椅上坐下来，两手紧握，连指关节都发白了，好像在鼓起勇气经受牙医的钻头。虽然奈杰尔有时会像苏菲说的那样没有人性，但是他太想搞清楚索恩为什么有这样的举止了，根本不会对他表现出来的苦命形象感到同情或反感。

"找到凶手了吗？"索恩说。

"据我了解，警方有信心迅速抓捕凶手。"奈杰尔圆滑地回答。

"据你了解？听起来你似乎对他们没有太大的信心。"

这句话像是个问题，但奈杰尔没有回答。他很清楚，想让别人多说，最好的办法就是保持沉默，迫使对方开口。他不置可否地盯着自己的鼻子，十秒钟后，索恩脱口而出：

"但是你呢？你没推断过凶手是谁吗？"

"我没有推断。"奈杰尔轻声回答,然后突然抬起淡蓝色的眼睛,紧盯着索恩,补充道:

"可我知道凶手是谁。"

索恩的手抽搐着,他把这一动作变成了毫无意义的手势。

"你?哦,好吧,我想就是这样了。"

奈杰尔又开始了可怕的沉默。

"该死的。"索恩沉默了一小会儿后突然说道,"你为什么不逮捕他?"

"我还没有足够的证据说服警方,而且我也不知道他的确切位置。"

加布里埃尔·索恩领会了这一点。他拼命地努力着,想要掩盖自己的焦虑情绪,努力让自己的声音表现得毫不在意,他问:

"请问我是你心中的凶手吗?"

"你应该最清楚,索恩先生,你是最清楚的。"

加布里埃尔古怪地笑了一声,那笑声几乎是发自内心的开心。

"如果我是凶手,那我现在最好尽快在你胸口捅一刀。因为刚才你暗示了,你还没把你知道的情况告诉警察,你说呢?"

"你不会这样做的。毕竟,凯米森知道你在我的房间里,而且可能女佣也知道。所以,这样做未免太轻率了。"

"凯米森。是啊。"索恩在椅子上稍微往后靠了靠,"我在想我的母亲,她是很骄傲的一个人,骄傲却贫穷。我得到了可靠的消息,索恩家族的血管里流着伯爵的血脉,当然是稀释了的。所以我在想,她会不会自尊心太强,不肯收尤斯塔斯的钱。"

"如果她拒绝了，那你就惨了。"

"是啊，那笔钱可以让我放弃啤酒厂，全心投入到写作中。不过你肯定觉得我这么做就是场灾难。"他申辩道。

"哦，不会，我可不会这么想。我觉得你能写出好诗，你已经得到很好的激励了。有句话说得好，'我们从苦难中学习。'"

"非常感谢。"索恩不客气地厉声说道，"不过我不是来这里寻求情感安慰的。"

"那你除了要在我胸口捅刀之外，还要来干什么？这也许是个小问题，但值得提出来。"

加布里埃尔·索恩沉默了一会儿，头也不抬地说道：

"我来是为了给你讲个故事，但我不知道你会不会相信。"

"那你可以试一下。"

"我猜你这种幽默的方式是你惯用的手段。好吧，那我就试试。这是个很短的故事。半小时前，我接到一个电话，有个人让我在午夜的时候开车穿过蜂巢树林，在通往伦敦路的小巷里等着。"

奈杰尔兴奋地拍了下膝盖。"果然如此！"他喊道，"来吧，我们就直说吧。你的意思是凶手让你帮他逃跑？"

"是你说的。"

"他为什么偏偏要你这么做呢？我是说，你说这样的话就把自己置身于非常尴尬的境地了。听起来好像你一直都是他的帮凶。"

"如果我是他的帮凶，你真以为我会这样把我自己和他都出卖了吗？"索恩疲惫地问。

"你为什么要出卖他？你是不是突然对资产阶级道德，还有伸张正义之类的东西产生了热情？"

"是什么并不重要。我想我只是不喜欢让杀害我父亲的凶手逍遥法外而已。"

"你可真是孝顺。"

"哦，看在上帝的分上，别再像学校教导员那样挖苦人了！"索恩脱口而出，"私生子也是有感情的。"

"哦，对不起，但这真是难以置信的故事。"

"你不相信我？"

"不，我相信你。"奈杰尔出乎意料地说，"但我怀疑泰勒不会。你不能再给点证明吗？比如，是谁打电话给你的。"

"你说你知道凶手是谁，那我为什么要告诉你你已经知道的事？不过，我可以告诉你他是从哪里打的电话，是从蜂巢山山顶十字路口的电话亭打来的，他昨晚就藏在树林里了。"

"他把这些都告诉你了？他也太轻信别人了吧。"

索恩盯着地毯，说："你不必夸大其词。我知道我现在像个叛徒，他是我的朋友，也信任我。但他不该杀了我父亲。"他又带着古怪而孩子气的固执口吻说了一句。他的手指绞在了一起，"上帝！但愿我告诉你这些是对的。我这么做到底是正确的还是卑鄙的啊？"

"别问我。我就是个业余侦探而已，不是法官。"

"好吧，"索恩说着，试图让自己平复下来，"那么业余侦探接下来要怎么办呢？"

"我会设法说服泰勒的。我们会在树林周围埋伏好,你开车去赴约,我们安排一两个警察在后面跟着。这样合你的心意吗?"

索恩的脸红了,他提高了声音,变成了假声:"不,我不会——该死,他被抓的时候我不想在场。这要求有点过分了。如果你愿意,你可以借我的车,但别让我参与。"

"那好吧。我马上去告诉泰勒,他得把他能抽出来的人都找来安排在树林周围。这是地图,告诉我你要去见这个朋友的确切地点……好,你的车停在哪里?泰勒可能会去取车。"

"就停在我家外面。"

加布里埃尔·索恩离开了。五分钟后,奈杰尔就来到警局和泰勒探长谈起话来。跟奈杰尔的预言相反,探长听了索恩的故事,兴奋起来了。

"太好了!先生,那就是乔·班尼特藏身的地方。我们明天终于能抓到他了,我要把那个树林翻个遍。他很明智,想要脱身,我们不如现在就去抓他。"

"等等。这件事一开始就疑点重重,我后来不得已假装相信了他的故事。别告诉我你也被骗了。"

探长的眼睛眯成一条缝。

"被骗?你是说——"

"是的,你猜对了。这件事不过是想转移我们的注意力而已,真正的行动现场并不是树林,这样做太不明智了。"

"我不明白,先生。"

"听着,如果凶手真的藏在蜂巢树林,他绝不会那么傻,会把这件事告诉索恩。这样太危险了,他不能确定索恩不会泄密。我们推断一下,正如索恩的故事所暗示的那样,凶手有电话亭的钥匙。既然如此,那么他完全可以用假名给汽车修理厂打个电话,要一辆车在某个地方接他,然后把司机打昏,开车离开。他绝不会去信任一个连自己都是嫌疑犯、肯定急着要抓住真凶的人。"

"但假如索恩是乔的帮凶呢——"

"如果索恩是帮凶,那他最不希望凶手被抓,因为帮凶也会受到牵连。所以要么索恩真的相信凶手在蜂巢树林,要么就是出于无私的动机帮他逃跑。不管怎样,无论索恩是个无意识的工具还是凶手的临时盟友,逃跑肯定另有方向。这么做只是为了转移我们对啤酒厂的注意力。"

"啤酒厂?那班尼特为什么要——"

"是你推断他需要护照的啊。而且经过昨晚的尝试,他一定知道啤酒厂将受到更严密的监视,所以他必须分散你的注意力。"

"也许你说的对,先生。不过,我还是要安排索恩的车在午夜时等在蜂巢树林。"

"如果你愿意,安排一个车队等着都行。只是千万别放松对啤酒厂的监视。"

"我安排托沃西负责这件事,而我就负责啤酒厂。现在天已经够黑了。"

快到10点时,奈杰尔和探长穿过啤酒厂的正门。一名便衣警察从暗处走出来，行了个礼，过来低声交谈了一会儿。然后他们悄悄地穿过院子，来到侧门。那里也暗中布好了警备，如果有人要进啤酒厂，不会遇到障碍，但也别想再出来了。巨大的砖墙耸立在黑暗之中，夜晚的空气中弥漫着麦芽和啤酒花的酸味。他们进了大楼，探长打开手电筒，照了一圈他的部署。职员办公室里安排了一个人；守夜人像往常一样四处巡视，但是身后紧跟了一名侦探；第四个人在尤斯塔斯·班尼特的房间里，还有一个在楼梯下面，凶手昨晚就是从那里逃走的。

奈杰尔和泰勒探长最终在乔·班尼特的房间安顿下来。到目前为止，凶手还没有在午夜前行动过。他们还要等将近两个小时。奈杰尔低声给探长概述了一下自己对这个案子的推断，以活跃气氛。探长对此很钦佩，但远未被说服。

"空谈不如实证，先生——"他声音嘶哑地低声说道，"不管怎样，天亮之前我们就知道了。"

"不管怎样，"奈杰尔想，"是啊，说得不错。但是如果我们要在另一个世界对这个案子进行事后剖析，我们就不会太满意了。凶手冷酷无情，现在估计已经疯了。不知道乔有没有左轮手枪，这里有那么多通道和楼梯，给他提供了伏击的好机会，我们在这里是当靶子的啊，但愿他会先朝穿制服的开枪吧。我必须得让乔治娅给我买件漂亮的防弹背心——但是在今晚的狂热行动中我肯定是没得穿了，我早该想到的。排除不可能，那剩下的就是——毕竟，没有人拥有同样的资格——我为什么这么激动？即使他今晚不出现，我们明天也能轻松地得到证据。黑桃将成为王牌,为我们赢得一局。我想知道他今天都干了些什么,他一定在啤酒厂。真奇怪,警察今早搜查了啤酒厂,但却一直没找到他。今天早上似乎已经过去很久了。隆——隆——隆——隆,隆——隆——隆——隆,隆——隆——隆——隆,差一刻就到 12 点。天啊!那是谁在动?哦,当然是洛克。他现在正在巡查呢。我们的朋友在他结束之前是不会行动的。"

奈杰尔无意识地看了看手表。他僵住了,又看了一下。手表显示差一刻到 11 点。很难相信他们还没在啤酒厂待够一个小时。但是,他刚才听到的是什么声音?谁在四处走动?守夜人应该还没有开始巡逻,警察也收到严格的命令,不许离开岗位——只有在听到一声哨声的情况下,啤酒厂里的人才能朝哨声跑过去,而外面的人只有听到三声才能行动。

那么,奈杰尔听到的上楼梯的声音,以及沿着走廊朝他们的房间走来的脚步声是谁的呢?他抓住探长的胳膊,用嘶哑的声音惊恐地问:

"那是谁?"

"啊,我猜是凶手。"探长生硬地回答,"这事交给我来办,先生。"

奈杰尔巴不得这样。

一双手沿着墙摸过来,在门上沙沙作响,小心地摸索着门锁。奈杰尔禁不住提醒自己,这双手已经杀了两个人,也许是三个。一把钥匙在门锁里轻轻地转动。是的,这一切都像我们安排好的一样。我们故意把自己锁在这里,我们也知道他有钥匙,而且以为门是锁着的,但是——

门一点一点地打开了。房间里太黑了，什么都看不清，但你就是能感觉到门开了。轻轻的咔哒一声，手电筒的一束光射出来，照在地板中央。泰勒像是接受了挑战似的，立刻打开他的手电筒。一刹那间，两束光像剑一样交缠在一起，接着泰勒向上一抬手，光束直射向不速之客的脸。

是加布里埃尔·索恩！

"见鬼！"泰勒喊道。

"哦，天啊！"索恩叫道。

奈杰尔急切地说："钥匙。你从哪儿拿到的钥匙？"

但是索恩已经把手电筒扔向探长，冲了出去，发出一种类似于做梦的狗发出的呜咽声。

泰勒的颧骨上挨了重重的一击，他大声咒骂了一句，向索恩追去。想起通道和楼梯都被封锁了，于是他停了下来，吹了一声口哨。

"菲利普斯！汉普森！小心！"他大声喊道，"有人逃走了。是索恩！拦住他！"

加布里埃尔·索恩显然是吓破了胆。他们听见他从楼梯上滚了下来，扯着嗓子尖叫，甚至在他直冲到菲利普斯警官强壮的臂弯里之后，还在挣扎和叫喊。就这样，啤酒厂内部的警察没有听到从外面传来的微弱的哨声。要不是奈杰尔对这一举动有所准备，朝索恩相反的方向跑到啤酒厂的入口处，凶手就又会杀掉一名受害者，并且永远地逃之夭夭了。

格尼警官躲在院子边门附近，大约五分钟前，看到一个人影偷偷地穿过边门，溜进啤酒厂。他尽职地看了下手表上发亮的指针，显示 10 点 44 分。他悄悄地走到门口，锁上了门，把他结实的身躯靠在门上。一切都按照计划进行。如果那个家伙想再从这条路出去，一定会大吃一惊。然而，事情发生的时候，震惊的是格尼。他和大多数多塞特人一样，并不比他们更迟钝，也不比他们更迷信。这时，他听见修道院的钟声敲响了 10 点 45 分，过了几分钟他听到了索恩的尖叫声，由于啤酒厂坚固的围墙的遮挡，他的尖叫声传出来的时候已经消减了很多。他还听到一声尖锐的警哨声。"好的，"他想，"只有一声，那就待在原地！"他倚在门上，凝望着高处的黑暗，这场混乱就是在那里发生的。

突然，他听到一阵微弱而急促的脚步声，朝他这边传来。这一切都发生得太快了，他迟钝的大脑还来不及反应，一个小个子身影就悄无声息地匆匆而来，就像起风时刮过的烟的影子，沿着一条完美的弧线从啤酒厂门口飞奔到了侧门。这个人影离他只有八步远，格尼打开手电筒，朝他照过去。在光芒的照射下，他看到的一切完全出乎意料，让他这个头脑简单的人大为震惊。一刹那间，他目瞪口呆地站在那里，心脏也停止了跳动，他感到自己要晕倒了。那人影突然转向，奔向格尼的手电筒的光束，就像一艘穿过探照灯的驱逐舰。那人径直朝格尼扑来，把他猛地推到门上，手指像铁丝一样掐住了他的喉咙。他现在终于知道必须要浴血奋战了，他的对手像黑暗中的恶魔一样邪恶而致命，他扑在格尼笨重的身体上又踢又咬，手指像铁丝一样紧。格尼使出全身力气,把他甩开来片刻,趁机吹了声哨子,但只发出微弱的声响,小恶魔就又扑了上来。

奈杰尔跑出大楼时听到了哨声,朝大门口那个看不见的看守人喊道:"待在那儿别动!"然后绕过拐角朝侧门跑去。袭击格尼的人听到了喊声,一溜烟地消失在了黑暗中。奈杰尔冲到格尼跟前:

"你没事吧?"

"没事,先生,"他喘着气说,"天啊!他太可怕了。他朝我跑来的样子真像——把我吓了一跳——他们为什么不告诉我——"

"你看见他了?"

"是的,先生,或者是看见了他的鬼魂。"

"不是鬼魂,那就是尤斯塔斯·班尼特。他在哪儿?"

"他一听到你的声音就跑了,先生。看起来又跑回啤酒厂了。"

"好,如果他再从这条路出去,你就用你的棍子打他。"

"别担心,先生,我下次——会搞定的。"

奈杰尔急忙回到啤酒厂,看见探长和两名警察在楼下的装瓶间里。探长正对索恩大发议论,奈杰尔连忙告诉他凶手企图从侧门逃走。

"所以你之前说得对,先生。尤斯塔斯·班尼特是吗?好吧,他现在可逃不掉了。"

探长立即行动起来。洛克被派去增援外面的守卫,警探守在总电闸旁,以防班尼特趁他们搜查的时候切掉电源,让整栋楼陷入黑暗。探长打电话给总部,让他们在啤酒厂外的道路上巡逻。在他做部署的时候,奈杰尔把加布里埃尔·索恩拉到一边。

"听我说,"他说,"我知道你搞这一出是为了让凶手趁乱逃跑。我猜,他在电话里告诉你他是乔·班尼特是吗?"

"是的。"

"可他是尤斯塔斯,我现在没时间跟你解释。我知道这样做会给你带来麻烦,可你现在能做的最好的事就是帮助我们。当然,就看你的孝心是否允许了。对了,是尤斯塔斯杀了乔。"

"孝心,算了吧。我那么说只是为了骗你,但似乎并不奏效。如果我能帮你抓到魔鬼尤斯塔斯,算我一个。"

"不错。你知道电灯开关在哪里,你最好和我们一起去。"

经过一番争论,探长同意了。现在他在啤酒厂里有三个警察可供他差遣,其中一个被派去紧跟在索恩旁边,以防他再弄出什么闹剧来。接着,大家开始搜查。首先要搜的是装瓶间、首席酿酒师办公室和储藏室。在储藏室里,他们有了第一个发现。那里,重达 1.5 磅[①] 的大麻袋一个个地直立着,紧密地堆在一起,一个警察从麻袋顶部走过去,发现两个装满的麻袋之间有一小块空地,上面铺着一个空麻袋。

"这就是他今天藏身的地方。"奈杰尔说,"昨晚他受惊后,一定是跑到这里,找了一个空麻袋钻了进去,然后矗立在那个空地上。我猜你们之前搜查时,没有单独检查过这些麻袋吧。"

"托沃西负责搜查的这个房间,回头我得教训他一下了。"探长冷冷地说。

---

① 重量单位,1 磅约等于 0.45 公斤,下同。

加布里埃尔·索恩带路,他们从啤酒厂一楼开始严密地搜查,把开关一个个地打开。25分钟后,他们穿过锅炉房,进入地窖。他们走在沙地上,几乎没有声音。身边的白墙瞪着他们,可怕的身影在上面舞动着。奈杰尔注意到他们的右手边有一个凹处,里面有一扇生锈的铁门,铁门里面有一口井。他们经过那里,从几百只酒桶中穿过,这些酒桶就像一群纵酒后的醉汉,挤在一起一动不动。酒窖的每个角落都搜查过了。突然,地窖里面传来一种奇怪的喘息声和滴答声,搜查人员顿时紧张起来。

"这只是酒桶发出的声音而已,"索恩说,"它们时不时地会往外冒气。"

"看来他不在这里,我们回去吧。"泰勒探长说。

奈杰尔突然打了个响指。"这口井。"他几乎是耳语一般地说了一句,但这个长廊般的地窖却把声音扩大了很多。他们刚要折回来,就听到刺耳的嘎吱声,保护水井的铁门被推开了。他们冲了上去,但还有30码远的时候,尤斯塔斯就走了出来,手里拿着一支左轮手枪。他的声音刺耳而沙哑,就像门铰链的声音,他说:

"向后退!退后,我告诉你!你们在我的啤酒厂里干什么?我要把你们都打死。"接着他又说了一连串的粗话。他的样子令人胆怯,他们都不由自主地愣了几秒钟。他穿着水手套衫和裤子,黑色的沙滩鞋,下巴上满是胡茬。他那冷漠的灰蓝色眼睛发疯地盯着他们,看起来像子弹头一样危险。更糟糕的是,他的头发和衣服上都缠着蜘蛛网,嘴巴可怕地凹陷着,就像一具尸体的嘴。泰勒定了定神,说道:

"好了,先生,把枪放下。"

奈杰尔听到"先生"这个词,还没来得及笑,探长就走上前去。班尼特的枪响了,泰勒捂着胳膊转过身,躲在一只酒桶后面。

"趴下!"他命令道,痛得咬住了嘴唇。

他们都躲了起来。泰勒小声对旁边的警察说:"我的胳膊断了。分散他的火力。"然后就晕倒了。

警察摘下头盔,慢慢地把它推到遮挡他的酒桶上方。砰,啪,然后是嘶嘶的一声,一股不协调的啤酒味弥漫在空气中。班尼特把酒桶打穿了。他瞪了他们片刻,就冲到门口,啪的一声关上了开关,逃走了。一片漆黑中,警察们在酒桶间跌跌撞撞,过了半分钟才走到门口,重新把灯打开。门锁上了,索恩摸索着找他的万能钥匙。这时,突然响起一个可怕的声音,这声音震耳欲聋,惨不忍闻,就像一个巨大的机器在噩梦中大喊大叫。呜——啊,呜——呼——呼——啊!在这尖叫声中,他们只听见索恩喊道:

"天啊!他把冷水注入到锅炉里了!整个地方要爆炸了!所有人,快出去!"

他猛地把门打开。两个警察架起泰勒,蹒跚地向啤酒厂入口赶去。奈杰尔跑在前面,把匆忙朝枪声跑来的援兵赶了回去。等到他们涌出院子,穿过大门,跑到街上时,奈杰尔才注意到加布里埃尔·索恩不见了,锅炉安全阀的轰鸣声也停止了。他还没来得及思考,格尼警官出现了,尤斯塔斯·班尼特的身体悬在他的肩膀上,已经失去了知觉。原来,班尼特刚才奔向了侧门,而追赶他的人则跑向了正门。但是这一次，格尼警官可不会放过他。就在尤斯塔斯·班尼特弯下身来开门的时候，格尼从暗处走出来用警棍击中了他。由于手里拿着钥匙，班尼特还没来得及用左轮手枪瞄准，就被打晕了。

十分钟后，有人发现加布里埃尔·索恩躺在锅炉旁昏死了过去。他及时耙灭了火炉，救了所有人的命。

第十五章

7月21日 晚上 8:00

　　哦，太过坚实的肉体也会融化！

　　　　　　　　——莎士比亚《哈姆雷特》

"苏菲，是你说过的一句话才让我有这个想法的。"

"我的话？我没说什么啊——"

"哦，你说了，确实说了。你还记得跟我说过乔玩的那些幼稚的小把戏吗？说他用水果和火柴做成小人，还假装自己的牙齿掉进了汤里？"

"当然记得，但是——"

"就是这件事让我想到，我们在煮沸锅里发现的尸体也许是乔而不是尤斯塔斯。"

赫伯特黝黑的脸上流露出不耐烦的神情。"为什么不从头开始说呢，"他建议道，"我们想听连续性的故事，情节剧还是少一点吧。"

"对不起，我太喜欢显摆自己了。好吧，那我就把这些信息按顺序整理一下，从昨晚7点半我坐在楼下消化这些信息开始讲吧。"

"我还以为你当时在消化啤酒呢。"苏菲说。

"确实是的，我觉得喝酒有助于思考。"奈杰尔为了挽回尊严说道，"好了，既然你提到了酒，那我就再喝一杯。迟了总比没有好。你最好把酒瓶留在我这里吧，谢谢。"

奈杰尔闷了一大口酒。

"好吧，"他继续说，"说了这么多，做了这么多，这桩谋杀案真正奇怪的地方就在于，为什么要把尸体放在煮沸锅里？显然，这么做的原因就是要掩盖作案手法，指明凶手是个熟练的职业杀手，其实就是赫伯特。"

"哦！"苏菲一时间忘了手上编织的活儿，倒吸了口气说，"这么说你怀疑过他？"

"是怀疑过！"

赫伯特有点好奇地凝视着他。"对啊，你应该怀疑我啊，为什么不呢？"他不动声色地说。

"我们肯定会把每一种可能都设想到。一开始，我猜想他是唯一的凶手，后来，我了解到乔显然有计划杀尤斯塔斯，我就猜想赫伯特可能是个帮凶——可以说，这是很有可能的。他有动机，有头脑，有技术知识，还有胆量。"

"我谢谢你。"赫伯特说。

"不用谢。"

"你到底在说什么？"苏菲抱怨道，"你先是说尤斯塔斯杀了乔，然后又说乔计划谋杀尤斯塔斯。你喝醉了吧。"

"事实就是如此，有人进行了错误的谋杀。我说过，如果乔的计划成功了，那他是不会把尸体从冷藏室转移到煮沸锅的。我发现的戒指碎片也证明了，他的计划远没有成功。他把尤斯塔斯困在冷藏室的时候，弄伤了他，这完全也可以解释为是尤斯塔斯挣扎着要逃出来时受的伤。然后我突然想起了你说过的关于乔的牙齿的事，假装把牙齿掉在汤里，说明他有假牙。"

"见鬼，可是牙医把在啤酒花浸取槽里找到的那套假牙重组了一下，他很肯定假牙是尤斯塔斯的。我不明白——"

"一开始我也不明白。之后我突然想到，虽然假牙经过鉴定是尤斯塔斯的，但谁也没想到把牙齿和尸体的颌骨比对一下，我昨晚给牙医打电话证实了这一点。我承认这是个可耻的错误，但我们谁都没怀疑尸体不是尤斯塔斯啊。牙医把那副假牙在尤斯塔斯的牙床石膏模上试过了，正合适。他还告诉我他也有乔和班尼特太太的模型，这就证实了我关于乔有假牙的猜测。"

"当然，我明白了。"赫伯特轻轻地说。

"所以我问我自己，会不会尤斯塔斯反败为胜，杀了他的弟弟？他可以和乔互换衣服，把乔的假牙取下来，把尸体扔进煮沸锅，然后把自己的假牙也扔进去。在煮沸的过程中，假牙会彻底损坏，虽然牙医能认出那是尤斯塔斯的假牙，但很有可能无法彻底修复，无法证明假牙与尸体的牙床不匹配，因此，没有人会认为这是替代品。不过，我接着想到，我们如此能干的赫伯特·凯米森医生可是皇家外科医师协会的会员，应该不会受到误导，把乔的尸体和尤斯塔斯的弄混了。然而，我想起来尸体上只剩下骨头和头发了，而且我看到了乔的护照，上面写着他身高五英尺八英寸，也就是说，他和尤斯塔斯的身高差还不到一英寸。赫伯特曾告诉过我，在重建尸骨的时候，出现两英寸的误差都是很正常的。护照上还显示乔的头发是浅色的。你一定记得，我只见过他的一张照片，在那张照片上，他的头发很有光泽，这让他的头发看起来是深色的，所以我一直以为他是深色头发。这样一来，发现的尸体与乔的身材和头发颜色大致相同。对了，尤斯塔斯还得把乔的胡子剃掉，才把他扔进煮沸锅里。唉，他的思维太缜密，也太冷血了，不过他也只能这样做。

"我接着想有关牙齿的事，可是我的思维太跳跃了，想到另一个不起眼的证据，那就是乔阁楼上的面包屑。尤斯塔斯已经扔掉了自己的假牙，那么他就只能吃软的东西。如果他把乔扔进了煮沸锅，那一定是他偷了自己的家，躲在乔的房子里。有趣的是，我在乔的阁楼里也只找到了面包和蛋糕的残渣，没有其他食物的痕迹。想到这些，我给班尼特太太家打了电话，联系了厨师。她说储藏室里只丢了面包和蛋糕，为星期天的大餐准备的食物却还在。于是，这件事显然指向了尤斯塔斯。去拿食物的话一定会准备个包之类的东西去装食物，那他为什么不把大块烤肉也一起带走呢？因为，如果那人是尤斯塔斯的话，烤肉对他毫无用处，他根本没有牙齿，嚼不动肉。"

"那面包皮呢？"赫伯特问。

"如果你把面包皮在嘴里多含一会儿，它就会变软。这样一来，就凭假牙、面包屑和护照，这个案子就已经对尤斯塔斯不利了。后来我又想到另一个小问题。当被问到周日晚上，洛克在乔·班尼特的办公室外面意外发现了谁时，他先是说以为看到了鬼。一个守夜人居然会如此严肃地说出这样的话，就很奇怪了。因为守夜人一般是缺乏想象力的，他们哪怕是受到一点'食尸鬼、幽灵或在夜间发出呜呜声的东西'的影响，就无法胜任自己的工作。所以，在他与神秘人影的短暂接触时，他是不是下意识地认为是看见了尤斯塔斯·班尼特？

"你看，直到周四的午夜，乔和尤斯塔斯的行为分别是凶手和被谋杀者的行为。毫无疑问，乔策划了谋杀并前去实施。假设乔在啤酒厂袭击了尤斯塔斯，但却被尤斯塔斯杀掉了，那么尤斯塔斯肯定认为，最好的做法就是和乔互换身份。在和他弟弟的交谈中，他一定知道加内号停在巴斯克湾，还会意识到这就是乔计划的不在场证明。因此，如果要把乔伪装成凶手，那就得做些事情设法解释一下，为什么他没有使用这个不在场证明。如果警察发现加内号停泊在巴斯克湾，船上还有个困惑的布洛克萨姆，他们就会疑惑，为什么乔没有回来乘船离开呢？因此，加内号必须要被清除掉。

"我们现在来看看那个流浪汉提供的证据。他说周五凌晨两三点左右,他听到一辆摩托车向内陆驶去,还看到天空中有红光。这时,我就意识到时间有点对不上。你看,如果乔杀了尤斯塔斯,那他应该1点后不久就赶回海湾。根据乔成功杀人的推断,等他赶回加内号,它已经意外着火了,而且烧得很旺,他无法把火扑灭。但是有一点,汽油引起的火灾燃烧得剧烈,烧毁得也很快。所以,如果乔在凌晨1点10分到达,火已经达到了最旺的时候,那么在凌晨2点到3点之间,火不可能还在剧烈地燃烧,以至于让流浪汉看到天空都发红了。另一方面,假如是尤斯塔斯杀了乔,等他想出行动计划,跟尸体互换了衣服等,再骑上乔的摩托车离开,他到达海湾的时间差不多就是2点。因此,天空的火光和摩托车的声音更符合尤斯塔斯杀人的情况。

"当然,所有这些都是推断。这取决于流浪汉对时间的准确把握,这是可能的;还取决于加内号不是偶然起火,这也是很可能的:对乔来说,给布洛克萨姆下足够量的药,对于计划的实施是至关重要的,这就打消了法庭认为布洛克萨姆可能因疏忽而导致船起火的想法。

"到目前为止,一切都表明尤斯塔斯是凶手,乔是受害者。通过对比重建的假牙和尸体的牙床,很快就可以得到乔是受害者的证据。同样,如果死者是乔,那么几乎就可以肯定凶手是尤斯塔斯,因为尤斯塔斯失踪了,除了索恩,谁也不关心尤斯塔斯是否真的死了。不过我并没有怀疑加布里埃尔·索恩,毕竟,如果他杀了乔,只是为了把乔装扮成尤斯塔斯，然后又让人怀疑他，这未免太离谱了。昨晚索恩来找我时，我对他残存的疑虑都消除了。他显然认为是乔杀了人，又躲了起来，还给他打电话，让他帮忙逃跑。另外，索恩恨尤斯塔斯，当他知道那人是他父亲时，就更恨尤斯塔斯了。他以为这个人是尤斯塔斯的杀人凶手，想帮助他逃跑，而且毫不内疚。可惜的是，他讲述这个故事的方式，不能令人信服。"

"不过，我不明白尤斯塔斯为什么要和乔交换身份，假装消失。把乔假扮成自己，然后把他扔进煮沸锅里，这不就是判自己死刑吗。"苏菲说。

"是的，我当时也很费解。不过，当索恩告诉我他的母亲是个骄傲的人时，我就开始明白了。尤斯塔斯的供词也解释了这一点。不过，我们还是满足你的丈夫，继续刚才的话题说下去。当我确信乔是遇害者，而尤斯塔斯是凶手时，解释之后发生的事情就顺畅多了。你看，我之前设想过加布里埃尔·索恩、巴恩斯先生或赫伯特都有谋杀乔的可能，但我觉得他们中没有一个人会如此冷酷地嫁祸于他。只有尤斯塔斯能干出杀了人，却嫁祸于死者的事。在乔死后还要玷污他的名声，这么做有种复仇的色彩。阿丽雅德妮·梅勒斯也是这样被杀的。更可怕的是，他放火烧了加内号，连带着把可怜的布洛克萨姆也烧死了。"

"天啊！你觉得尤斯塔斯知道他在船上吗？"凯米森医生说。

"他已经承认了，他知道的。这种毫无怜悯之心的报复行为，除了尤斯塔斯，谁都干不出来。正是这一点困住了他，最后只能接受审判。周日晚上，如果他没有最后一次闯入啤酒厂，让我们注意到乔的护照，进一步强调乔是凶手，那么他现在很可能已经是个自由人，漂洋过海，靠他留给索恩太太的财产生活了。"

赫伯特慢慢地点了好几次头："啊，我明白了。当然了。我想知道怎么回事——是啊，当然。"

"尤斯塔斯的供词还澄清了几个次要的问题。我就告诉你要点吧，这家伙不太正常了。陪审团要决定是把他送进布罗德莫精神病院，还是绞刑架。"

"是的，"赫伯特干脆地说，"这真是对我们社会体制的有趣写照，像班尼特这样的人，这辈子干了那么多大大小小的坏事，可我们居然在他杀了三个人之后，才得以把他关到不能再作恶的地方。"

"他的供词是这样的：11点55分，尤斯塔斯到达啤酒厂。乔跟他在入口处见了面，编了个故事，说他收到了守夜人的匿名信。尤斯塔斯说他对此一开始就起了疑心。他问了乔是怎么到啤酒厂的，加内号在哪里等等。乔也不介意告诉他这些，因为死人是不会说话的，而且要把尤斯塔斯弄进啤酒厂，就必须给他个合理的解释。尤斯塔斯假装相信了乔说的这些，但之后就一直对乔保持警惕。两个人进了啤酒厂，沿着通向办公室的楼梯尽头走去。乔提议在他的房间等一等，等到洛克巡视完再行动。突然，乔低声说了句"小心！他朝这边走过来了"，就冲进了最近的一个藏身之处——冷藏室。一时之间，尤斯塔斯被他的诡计骗到了，于是就跟着尤斯塔斯躲了进去。如果他停下来想一想，就会意识到洛克当时巡视的地方离这里还远着呢，而这一点乔应该也很清楚。

"他们一进冷藏室，乔就打了尤斯塔斯一拳，想把他打晕。但在黑暗中，他打偏了，拳头重重地砸在门边的冰柜上。尤斯塔斯对他的怀疑确凿无疑了，于是就出手还击，他很幸运，一拳就把乔打倒在地。他看到有血流了出来。他这个懦弱的弟弟，被他鄙视和压制了一辈子了，现在竟敢背叛他！狂怒之下，他扑向乔，趁他还没缓过神来，就把他勒死了。

"那么现在尤斯塔斯就面临着一个问题，这个问题一直困扰着自该隐①之后的每一个凶手——我该怎么处理尸体呢？他不敢冒着风险直接走出去对洛克说，'我弟弟刚才袭击了我，出于自卫，我杀了他。'毫无疑问，这其实是最好的做法，再加上他们在加内号上发现的证据，应该可以说服警察。但是，尤斯塔斯无法证明是乔把他引诱到啤酒厂来的，而且尤斯塔斯下意识地认为，没有人会相信他的话，毕竟乔很招人喜欢，而且已经死了。无论如何，他当时没有勇气说出真相。而且，他的头脑已经习惯了转弯抹角地处理既定情况，而不是直截了当地处理。他问自己，我该怎么处理尸体？然后，正如他所说，他有一个不讨人喜欢的性格特点，那就是爱好文学，觉得自己高人一等。就在这时，不知怎么，他想起了《哈姆雷特》的两句台词：

'哦，太过坚实的肉体也会融化！融化，最后变成露水！'

他立刻想起了松露的事。于是，他准备把尸体扔进加压煮沸锅里，但这还不够。因为第二天尸体残渣就会被发现，马上会被认定为谋杀，

---

① 亚当之子，圣经中的人物，杀害了自己的亲弟弟，是所有恶人的祖先。

还要被问很多难对付的问题，说不定还有人看见尤斯塔斯从自己家里偷偷溜进啤酒厂。就在这时，他突然想到一个绝妙的主意：和乔互换身份。乔设计谋杀他，策划了不在场证明，无意中可能会留下一些线索指向了他自己。那么很好，除了谋杀，乔已经做了一切证明自己有罪的事。那么，接下来合乎逻辑的做法就是，使之看起来像是乔犯了谋杀罪，这真是简单又冷酷的逻辑推理。说实话，我很钦佩。可惜后来，尤斯塔斯把事情搞得太过复杂了，前功尽弃。

"好了，要伪造成尤斯塔斯被谋杀，就要换衣服，还要对牙齿做些手脚，剩下的就交给煮沸锅了。乔的体形、身高和尤斯塔斯一样。但接下来尤斯塔斯该怎么办呢？他必须消失，不能留下任何行踪。他不能以自己的名字开支票，因为银行不会接受幽灵的签名。于是他立刻想到了索恩夫人。他年轻的时候在国外遇见了她，那时她还是个涉世未深的漂亮女孩，他们恋爱了，还生了个孩子加布里埃尔。但尤斯塔斯拒绝娶她，因为他野心勃勃，而她又没什么钱。被他抛弃后，她和家人也脱离了关系，带着孩子定居在法国南部，靠教英语勉强度日。与此同时，尤斯塔斯在这里做起了生意，发了财。索恩夫人一直以寡妇自居，听说尤斯塔斯成功了，就写信让他为他们的孩子做点什么。我不知道这样做算不算敲诈，也许不是吧。不过，尤斯塔斯已经成为了体面人，他可不想让别人知道他有个私生子，而且对他母亲很糟糕。因此，他为加布里埃尔支付了教育的费用，后来，也许是迫于压力，带他来了啤酒厂。

"索恩夫人和他再次联系上后，他想起了她的美貌和魅力，而且他现在有钱娶她了，于是就向她求婚。可是她非常明智，没有接受。她毫不掩饰自己对他和他过去的行为的蔑视，于是他一气之下就离开了，娶了现在的艾米丽·班尼特。她在他的一家酒吧里当女招待，在当时也是个尤物。他很快就厌倦了艾米丽，可她依然把家里管理得井井有条，而且在尤斯塔斯心情不好、恃强凌弱的时候，她是个很好的出气筒。不过索恩夫人还是让他如鲠在喉，她是他唯一的败笔，是他唯一不能控制的人。我想他一定是对她的独立性有那么一点点的钦佩，再加上后悔过去那样对待她，才在遗嘱中把大部分财产留给了她。

"无论如何，面对着他弟弟的尸体，他庆幸自己立了那份遗嘱，因为这解决了他的财务难题。他要做的就是离开这个国家，在索恩夫人的别墅停留一段时间后，以另一种身份出现，拿着留给她的遗产为生。他笃定她不敢向警察告发他。加布里埃尔·索恩告诉我，她有强烈的家族荣誉感，而且尤斯塔斯认为，她那么爱加布里埃尔，所以是不可能背叛他的。因为如果尤斯塔斯被绳之以法，那随之而来的结果就是，加布里埃尔这辈子都会被烙上杀人犯的私生子的烙印。事实上，他的身份已经不是可敬的酿酒商了，作为一个杀人犯，尤斯塔斯对索恩夫人的控制力要强得多。

"就这样，尤斯塔斯打开手电筒，和乔互换了衣服、戒指等等，把尸体拖到加压煮沸锅，扔了进去。他只留了20英镑钞票和备用钥匙。等下我们就知道他为什么需要这些了。做完这些，他骑着乔的摩托车离开了。索恩凌晨12点40分就是听到他骑车离开了啤酒厂。他到达海湾所花的时间自然要比乔长，因为他虽然知道地点，却不知道最近的路，而且他已经好多年没骑过摩托车了。直到 1 点 15 分到 1 点半之间，他才抵达巴斯克村。他把摩托车留在悬崖顶上，找到了马道（他拿了乔的手电筒），又找到了救生筏，然后划到了加内号。他想把汽油倒在船尾然后点燃，这样的话就能让人认为是发动机意外着火。这个方法不太好，但他没有时间，也不知道该怎样完成一件完美的纵火案。不管怎样，最主要的就是要处理掉这艘游艇，这样警察就会多花几天时间调查乔的下落。他找到了多余的汽油罐，浇在船尾上，可他发现没有火柴。他走进船舱去拿，却看见布洛克萨姆躺在那里，在药力的作用下睡着了。尤斯塔斯有点吃惊，可他不能因为这点小事就偏离目标。他找到一盒火柴，顺手拿了些软食、乔的左轮手枪还有他能找到的所有乔的钱，然后点了火，把游艇和布洛克萨姆一起烧了。之后他划到岸上，把救生筏藏在山洞里，回到了梅登阿斯特伯里。他把摩托车藏在蜂巢树林，希望它最后能被发现，成为对乔不利的线索。这期间他一直戴着乔的手套，以防留下指纹。他下了蜂巢山，拿着从乔身上取下来的钥匙进了乔的房子，躲在了阁楼里。

"这时出现了一个相当棘手的问题。他不得不多逗留一段时间，以便留下不利于乔的假线索，让警察相信乔还活着，并且形迹可疑。他只能等到尸体确认是尤斯塔斯之后才能离开这个国家，否则，英国各港口会不断地调查尤斯塔斯。可与此同时，他待得越久，被人意外发现的风险就越大。周六晚上，他偷偷溜了出来，偷了自己家的东西，这就是他要保留备用钥匙的原因。他偷了洛克斯比公司的文件，但留下了文件夹，就是为了让人注意到乔的杀人动机。乔家里没有吃的，所以他偷了食物，还拿到了自己的护照。没有人知道这本护照的存在，所以没有人注意到这本护照不见了。不过我早该想到的。之前班尼特太太说过，他过去常偷偷地到国外度假。那他在欧洲大陆上行为不端，放纵自己的时候，可千万不能让人认出他就是梅登阿斯特伯里正直的酿酒商，所以尤斯塔斯就用另一个名字搞了本护照。我们在他身上发现了这本护照，名字是詹姆斯·亨德森。他就是想用这个名字进入法国，到达索恩夫人的别墅。

"星期日，他原地休息，这一点做得很恰当，但是他不小心把乔的润发油弄到了阁楼的垫子上。那天晚上，他认为啤酒厂的警力应该已经撤了，于是就打算潜入啤酒厂，留下一些不利于乔的线索。据我们所知，这时他的心态非常有趣。他在幽居的这段时间，沉思了整件事情，甚至把自己想象成隐藏的正义之手。他觉得毕竟乔才是真正的凶手，一个有预谋的凶手，尤斯塔斯只是出于自卫才杀了他。乔是真正的罪犯，而尤斯塔斯有义务让警察认识到这一点。当然，尤斯塔斯总是自以为是，这一切只不过让他对乔的憎恨合理化了，他恨乔竟敢背叛他，把他置于这么危险的境地。不过这确实是个很合理的解释，所以必须要追究乔，哪怕他已经死了，必须要抹黑他的好名声，也必须要揭发他企图成为懦弱的凶手。

"正是这个原因让尤斯塔斯事情做过头了。他那天晚上就该逃走，而不是去啤酒厂，尤其是他杀了梅勒斯小姐之后。那晚，他刚从阁楼上爬下来，就听到有人进了房子，上了楼梯。他没有时间爬回阁楼了，于是他冲进书房，拿了拨火棍。梅勒斯小姐进来了，这就决定了她的命运，真是可怜的人。出于莫名的愤怒和惊慌失措，尤斯塔斯不断地击打她，直到她丧命了还没停手。后来他停了下来，整顿了下自己就去啤酒厂了。他还没来得及进入乔的房间，就被洛克惊吓到了。他飞快地跑下楼梯，却发现逃跑的路被警察拦截了，他听见警察跑进来，就溜下走廊，藏在储藏室里。

"他就这样被困住了，都是因为过度追求正义。托沃西在搜查的时候没有找到他，是因为他没有仔细检查每个麻袋，我并不感到奇怪。于是尤斯塔斯获得了某种解脱——如果你把一整天都站在麻袋里称为解脱的话。当然，他可以随心所欲地变换自己的姿势，储藏室在白天几乎没有人来。尽管如此，这一定是件很痛苦的事情，不过他罪有应得。8点半左右，警察都离开了，他知道洛克应该在别的地方，于是就溜了出去，上楼到他的私人房间给索恩打了电话。当然，他伪装了自己的声音，还解释说自己不得不低声说话，所以声音听起来有点奇怪。他告诉索恩他是乔·班尼特，是从班尼特太太家打来的，不断地博取索恩的同情心，乞求他帮忙转移警察的注意力，好让他逃跑。当然，这是一场豪赌。他把希望寄托在索恩那浪漫而又不在乎法律的天性上，还有他对尤斯塔斯的仇恨以及对乔的喜爱上。他假装班尼特太太给了他庇护，如果索恩去找警察告发他，他们会先搜查那里。然而，索恩并没有那么做。他答应对方来找我，告诉我凶手藏在蜂巢树林，计划当晚借助索恩的汽车逃跑。这都是尤斯塔斯在电话里教他这样做的。这样做是为了把警察从啤酒厂引开，如果我相信了索恩的故事，那他就得逞了。

"尤斯塔斯告诉索恩,他真正要做的是开车朝相反的方向逃跑,一直开到南安普顿,然后坐船出国。他说,这样做必须得有护照,他尝试过拿护照,却失败了。所以他让索恩帮他去拿,送到尤斯塔斯家去。对尤斯塔斯来说,这是个非常聪明的举动。如果索恩成功拿到了乔的护照,那就说明已经没有危险了,那么尤斯塔斯就可以开路去南安普顿了,他打算开自己的车过去。但如果警察没有上当,就会在他进入乔的房间时把他抓住,这就可以帮尤斯塔斯转移注意力,他就可以趁机逃跑了。

"唉,你也知道,发生的是后者。显然索恩并没有用他的故事骗到我。我们在啤酒厂的每一个藏身之处都部署了警察,所以当索恩从侧门溜进来,从办公室拿到万能钥匙,进入乔·班尼特的房间时,被我们吓了一大跳。实际上,他的表现比尤斯塔斯希望的要好,当时他吓破了胆,大闹了一通,尤斯塔斯差点趁乱逃走。可是他没能闯过侧门的警察那一关,就折回来,给我们上演了一出让很多黑帮电影都黯然失色的大戏。不过这些你们都已经知道了。"

"你当时听说锅炉的安全阀要爆炸的时候,一定吓坏了吧。我们从这里都能听见那可怕的声音。"赫伯特说。

"是啊,当时可真是太可怕了。索恩应该为他所做的事获得一枚奖章,他差点被炸成碎片。他今天早上告诉我,他之前就常幻想这种情况,会把自己想象成灭火英雄。所以现实生活中真的发生这种事时,他本能地就跳了出来。这表明幻想也是有好处的。但我觉得最糟糕的时刻就是尤斯塔斯从井里钻出来的时候,他藏在铁门后面,浑身布满了蜘蛛网。他那满身的蜘蛛网,再加上他那凹陷的嘴(牙齿的缺失严重影响了人的面容,真是不可思议),让他看起来像是个站起来的尸体,太让人恶心了,我差点没吐出来,连他手里的那把枪都不能改善一个人的精神面貌。你绝对想不到像他那样的老人,会有精力去做这一切。这表明,自从乔在冷藏室袭击他之后,他一定是疯了。像他这样拥有几乎无限权力的人,一夜之间变成了亡命之徒,他疯了也并不奇怪。"

奈杰尔在房间里转了一两圈,心不在焉地拿起装饰品,又放了下来。

"从很多方面来说,这都是件肮脏且杂乱无章的案子,尽管它确实给一个老生常谈的说法增添了说服力。"

"什么说法?"

"厄运都是酝酿出来的。"

图书在版编目（CIP）数据

酿造厄运 ／（英）尼古拉斯·布莱克著；连洁译
．—— 上海：上海文艺出版社，2023
（尼古拉斯·布莱克桂冠推理全集）
ISBN 978-7-5321-8704-1

Ⅰ．①酿… Ⅱ．①尼… ②连… Ⅲ．①推理小说－英国－现代 Ⅳ．① I561.45

中国国家版本馆 CIP 数据核字（2023）第 040308 号

酿造厄运

著　　者：[英] 尼古拉斯·布莱克
译　　者：连洁
责任编辑：王　琦　彭元凯
装帧设计：周艳梅
版面制作：费红莲
责任督印：张　凯

出版：上海文艺出版社
出品：上海故事会文化传媒有限公司
　　　（201101 上海市闵行区号景路159弄A座3楼www.storychina.cn）
发行：上海文艺出版社发行中心
　　　（上海市闵行区号景路159弄A座2楼206室）
印刷：上海中华印刷有限公司
开本：889毫米x1194毫米　1/32　印张8.25
版次：2023年5月第1版　2023年5月第1次印刷
ISBN：978-7-5321-8704-1/I.6854
定价：45.00元

版权所有·不准翻印

上海故事会文化传媒有限公司出品（01111）www.storychina.cn

想看更多精彩故事？
扫码下载故事会APP

上海故事会文化传媒有限公司所有图书可办理邮购，免收邮费（挂号除外）
汇款地址：上海市闵行区号景路159弄A座2楼206室（201101）
收款人：上海故事会文化传媒有限公司出版发行部
联系电话：021-53204159
如发现本书有质量问题，请与印刷厂质量科联系T:021-60829062